콜센터 유감

b판시선 53

최세라 시집

콜센터 유감

도서출판 b

| 시인의 말 |

가로등 밑으로 비가 흩날리고 있다
늘 그렇듯 존재하는 것처럼 느껴지는 건 조명된 세계뿐이다

빗물들, 나날들, 사람의 절망들, 조명되지 않는 곳에서 무수히 쏟아져 내릴

여기 수록된 시들은 애써 걸으며 흔들렸던 날들의 기록이자 가깝게 껴안던 지인들의 전언이기도 하다

| 차 례 |

제3부 사람 하나가 캐비닛 서랍처럼 차고 깊은 물질이 되어

제1부

눈 밑으로 쏟아지는 유성우

세라의 시급

세라의 1시간은 75리터 종량제봉투 다섯 장 값과 같고 세라의 1시간은 미국 본사 CEO의 0.6초와 같고 CEO의 0.6초는 비트코인 채굴용 컴퓨터들이 내는 굉음만큼 우주적이니까 세라의 1시간도 우주적일까 세라의 1시간은 천냥샵 장바구니 반도 안 될 만큼이고 그만큼 사 와도 하루 안에 다 소진되거나 플라스틱 용기에 약간의 액체가 리필될 뿐인데

물론 1시간만 일하는 건 아니니까 오래 일하면 먼지털이도 색깔별로 살 수 있고 밥주걱도 요철이 있는 것과 매끈한 것을 둘 다 고를 수 있다 온 집안을 천냥샵 물건으로 가득 채울 수 있다

그릇을 포장했던 신문지가 펴지기 시작한다 신문에 인쇄된 연예인의 입술이 벌어진다 당신도 적은 실투자금으로 임대인이 될 수 있습니다 정말일까 세라는 생각한다 나에게도 월세를 그만 내도 괜찮은 때가 올까 실투자금은 투자금과 어떻게 다른 걸까 종량제봉투 몇 장만큼의 돈일까 미국 CEO의 몇 시간일까 나의 몇 번의 인생일까 세라는 손바닥으

로 문질러 신문지를 펴고 발뒤꿈치를 올려놓는다 발톱을
한 번 깎을 때마다 0.6초가 흘러가는데 왠지 1시간이 흐르는
것 같다 그런 느낌은 우주적인 것일까 눈 밑으로 유성우가
쏟아지기 시작한다 쏟아져서 늦은 저녁을 먹기 위해

로라와 편의점과 나

근무수칙 1. 선입선출

먼저 들어온 식품은 맨 앞줄에 세웁니다

김밥류와 샌드위치, 우유의 줄을 잘못 세우면 안 돼요

당신과 나의 관계만큼 선후를 명확히 합니다

로라가 나에게 인계하며 눈빛을 분명히 한다

근무수칙 2. 물건 보충

창고에서 필요한 만큼만 가져와 채우고

진열대의 물건 배치는 타일의 줄눈만큼 정확히 합니다

농심과 오뚜기를 섞지 말고 농심과 새우깡을 섞어도 안 되고

특히 팝콘 뒤의 뻥튀기를 잘 잡아내세요

로라와 소풍 갈 수 있을까 시급을 다 털어 신나게 놀 수 있는데

근무수칙 3. 폐기 음식

점주님은 배고플 때 두어 개 먹어도 된다고 했지만
물류가 들어오거나 손님이 있을 때 우물거리면 안 됩니다
명심하세요, 유통기한 지난 음식을 먹는 업무가 아닙니다
한 번만 더 그러면 당신의 유통기한이 정해질 겁니다

로라와 인수인계하는 시간이 좋다 내가 불빛이라면
온 세상이 정전돼도 로라의 얼굴을 비춰줄 텐데
유통기한 따위 없이

맥잡—타임아웃

감자를 튀기자
정해진 시간만큼만 뒀다 건져야 해
튀기는 것도 타이밍이거든
로라,
몸을 날렵하게 날리지 않으면 안 돼

여기서 일할 사람은 냉동감자만큼 쌓여 있고
번호표와 손님도 쌓여 있고
튀김 용기에 냉동감자를 넣어야 하고
시간이 다 되면 밖으로 꺼내야 하고

어제까지 일했던 알바는 신경 쓰지 마
그도 타임이 다 돼서 아웃된 것뿐이야

햄버거를 포장해
그다음 햄버거 그다음 햄버거
쟁반을 놓기 전에 먼저 너를 놓아버려
일이 쉬워질 거야

그다음 햄버거
콜라와 버거

좀 더 날렵하게 움직여줘
너만큼이나
일하고 싶은 사람은 쌓여 있으니까

감자를 튀기자
햄버거를 포장하자
시간 밖으로 밀려나지 않기 위해
빅맥을 사 먹기 위해

세라의 시식 코너

냉동 피자를 데워 잘게 잘라놓는다
여기엔 아무도 없고

경쟁사의 시식대를 에워싼 채 피자 조각을 집어드는 손들
이거 먹어봐도 돼요?
아이들이 해맑게 웃는다

주류 시음 코너 앞 여자는 저체온증의 몸을 알코올로 지피는 중이고
그곳을 벗어나지 못하는 동시에
흐린 눈으로 아이들의 손을 힐끔거린다

누군가 노인의 손을 이끌고 지나간다
누군가 이쑤시개를 들고 시식 코너를 순례한다
이곳을 제외한 모든 코너가 반짝이고

세라는 연극 무대를 상상하며 시간을 보낸다

행인1이 지나간다
행인1을 좇아 행인2가 간다

마트 관리사원이 무전기에 뭔가 보고하며 지나간다
이쪽을 힐끗 바라본다

시식용 피자는 쌓여 있고
사람들은 지나가고

세라는 서서 뿔뿔이 흩어진다
계속 자리에서 오려지는 사람이 된다

이 모든 날을 모아서 이어 붙인다 해도
본품은 완성되지 않지만

머지않아 그 사람을 만날 것이다
세라도 그도
본품이 되려면 각자 몇 조각 부족한

피자 굽기

주문하면 삼십 분 안에 뜨거운 일요일이 배달 오지
사원이 현관문에 기대 카드를 긁는 동안 나는
피자 화덕 앞의 로라를 생각한다

로라가 맡긴 작은 꼬마는 눅진한 장판에 앉아
엄마 없는 하루로 빼곡할 방학 계획표를 그린다
올리브 열매 같은 눈동자를 반짝이며 컴퍼스를 돌린다
가끔 졸린 눈을 비비며

십오 센티미터 자로 하루를 나누고 있다

나는 하얀 종이를 꺼내 반으로 접는다
볼펜을 든다

—[로라에게 보내는 편지]

로라,
일요일은 단단하지 않아 일요일은 자를 수 있고

접시에 나눠 담을 수도 있지

피자가 불에 데인 손바닥처럼 보일 때
동그란 일요일을 계속 꺼내는 너를 생각한다

너의 작은 꼬마는 정말 뜨겁구나
뜨거워서 모든 토핑이 잠겨드는 치즈처럼

네가 가르고 싶지 않았던 휴일이
상자 안에서 이리저리 나뒬 때

너의 작은 꼬마는
태엽이 다 풀어지면 눈꺼풀로 덮이는 별이 되고

네가 들여다보는 화덕 안에서는
십 분마다 뜨거운 자명종이 울리겠지
작은 꼬마를 향해 불티를 쏟는 마음들이 달리겠지

카톡

별이 뜨는 시각
카톡이 뜬다

당신은 선생입니까 영업사원입니까 애 학습지에 왜 전단지를 끼워요
오늘 시간이 안 된다는데도 다른 시간으로 옮겨주지 않으셔서
옆 단지에서 놀고 있는 진우를 강제로 데려왔잖아요
이 년 동안 다섯 과목이나 유지하고 있는데
한 과목 하는 예림이보다 진도도 늦게 빼더군요
당신은 영업사원입니까 수금 담당입니까
학습지 회비 빠지는 날 통장이 빌 때가 있어
며칠 늦게 결제된다는 걸 알 만도 한데
근무 중에 왜 전화 걸어요

세라는
밥도 안 먹고 숙제도 안 하는 딸을 생각하다가
엄마만 기다리는 아홉 살 딸의 손톱 밑 때를 생각하다가

딸을 위해 동화책을 읽어주고 싶어진다
그럴 수만 있다면
점점 글밥이 많아지겠지

세라는 손가락으로 귀에서 돋아나는 삐 소리를 누른다
아파트의 차가운 계단에 앉아 답장을 쓴다
새로 산 이모티콘을 붙인다

어머니, 다음 주에는 시간 조정을 잘 해보겠……
주말도 괜찮으시다면 그때 방문해보겠……

엉덩이를 털고 일어나 우편함으로 내려간다
별 뜨는 시각은
사람의 눈을 피해 전단지 꽂기 참 좋은 때

카톡
세라는 밤마다 모든 방향으로 자신을 전송한다

위험을 설계합니다

갑자기 창문 너머를 본다 갑자기
없던 구름이 생겨난다 새 한 마리가 부리로 구름을 뚫고
비상하려는 찰나 유리에 부딪힌다

그는 성호를 긋는다
우리가 투명한 위험을 바라보았기 때문이에요
새에게 평화를 새에게 평화를

창문 속 창문이 가장 투명해지는 순간에
그릇이 깨지고
길 건너 주유소 바닥에 기름이 흐른다
바닥 위로 오래도록 해가 내리쬔다
오래 살고 싶습니까?
세라가 묻는다 한 번 청약을 철회했던 그에게

덧문을 닫고 영혼의 덧문인
눈꺼풀을 닫고

노년을 생각해 보세요
깨진 그릇마다 비치는 자신을 떠올려 봐요
손을 베면서 그 모든 자신을 들어 올려요

그게 가능하겠습니까?
창문 밖 창문에 기대어 새가 계속 솟구치려 한다
세라는 계약서의 서명란을 짚어준다
그가 볼펜을 입에 물고 새를 응시한다

오래 사는 건 투명한 위험입니다
거기 부딪혀
길게
추락하는 날들이 곧 옵니다 다시 솟구쳐 본들

우린 그저
공간을 이동하는 위험일 뿐이죠

안전한 위험을 설계하세요

포장이사

20년 만에 이사 가는 집이라고
팀장이 고개를 저으며 이齒로 테이프를 뜯는다

웅성거리는 물건들

세라는 신발을 신은 채 안으로 들어간다
발끝으로 상자들을 밀어낸다
주인은 나가지 않고 세라의 발끝을 노려본다

이빨 빠진 접시들이 수납장에 가득하다
보라색 파티용 냅킨도 구겨진 채 쌓여 있다
주인이 걸리적거린다
사모님, 여긴 제가 정리할게요
세라는 애써 발랄하게 말한다

응급실에서 쓰던 거예요 거기서
마지막 생일파티를 열어줬어요
보라색 냅킨을 든 주인이 울먹인다

주인이 걸리적거린다 그러나

웬만한 건 쓰레기로 처리해
팀장이 바삐 다가와 툭, 던지고 간다

이 집은 원룸으로 가는 거니까

잡동사니뿐인 주방 살림인데
갑자기 세라는 손이 느려진다 울지도 않는데
치우는 일이 어려워진다
세라는 새삼스러워져
방이 세 개 있고 아직 벽이 탄탄한 실내를 찬찬히 본다

가족사진이 있다 사진 속에 네 사람이 활짝 웃고 있다

세라는 주인의 벗은 발을 본다
새끼발가락에 초승달처럼 돋은 물혹을 본다

장난감공장

탕탕, 총을 쏜다
지느라 피는 꽃 위에 비비탄 알들이 떨어져 내린다
멈추느라 가는 사람에게도
눕는 과정 중에 잠깐 앉은 개에게도

로라는 불량검사를 멈춘다

오후가 탱탱볼처럼 공단의 회색 담장 쪽으로 튕겨져 나가고 변신 로봇들이 자동차로 변해 질주하고 자동차들이 담에 부딪혀 고장 나고 마치 암울한 앞길처럼 양은으로 된 길이 쭈그러들고 로라는 작은 망치로 탕탕 두드린다 조금씩 조금씩 길이 펴진다 펴진 길을 따라 고장 난 자동차가 전진한다 이런 일을 할 때마다

자꾸 어려져서 해로운 장난감이 되고 싶다
손에 들러붙는 슬라임 반죽이나 손을 깨무는 악어 룰렛
두어 번 던지면 실의 탄력이 사라져 버리는 요요같이
로라는

컨베이어벨트가 있는 작업장으로 간다

공단 밖 오월의 초등학교가 하늘 가득 풍선을 날린다
공허의 피부로 쭈그러들기 위해
힘껏 팽팽해진 것들을

패턴실과 여름

아직 미싱은 작동된다 노루발 사이로 바늘이
위아래 제자리 뛰뛰고
시간은 여전히 꿰매어지는 중이다
재킷은 조끼가 되고 조끼는 더 짧은 조끼가 될 때까지

패턴실에 들러 견본을 가져올 때마다 나는 원단의 롤을 밟고 미끄러진다
세라는 물청소를 하고 주소록을 정리한다

커튼으로 드레스를 만들어달라는 여자가 있었고
비치타월로 여름을 만들어달라는 노인이 찾아왔다

시간은 여전히 꿰매어지는 중이고 나는 탈모를 걱정하며 모자를 박고 세라는 여름으로 비치타월을 만들고 퇴근 무렵 우리는 단추와 지퍼를 달고 아주 근사한 작품을 만들고 옷의 모양을 바꾸고 뭔가가 자꾸 빠져나간다 그러면서 우리는 꿰매어진다 시간과 맞붙은 채로

옷감보다 짧은 실은 늘 옷감을 울게 한다

밑단이 넓은 치마는 바늘에 꿰일 때마다 울었고
다 끝난 뒤 매듭이 지어져도
우는 일을 그치지 않았다

애견미용

로라는 개에게 다가간다 몇 분 전 물린 상처를 누르며 애써 웃음을 띤다 나는 개를 잘 다룹니다 개는 모두 다르지만요 치와와부터 말라뮤트까지

이빨은 다 있습니다
개들이 예뻐져서 나가면 좋아요
무섭지 않습니다 예쁘구나
예쁘구나, 달래어 못 움직이게 하면 돼요

로라는 으르렁대는 개의 끈을 받아들며 주인을 배웅한다
쯧쯧 이런 강아지를 개끈이라뇨

이빨은 다 있습니다
개들이 예뻐져서 나가는 게 좋아요
제 손에 개끈을 감으며 로라는 문을 닫는다
앞치마 밑으로 개의 이빨 독이 계속 퍼져간다

안심하고 다녀오세요

몰라도 되는 것들은 모르는 채로요
순한 개들조차 계속 그럴지는 알 수 없지요
나는 심장이 두 개일걸요

예쁘지, 개야 너의 털을 벗겨줄게
꺼먼 먹구름이 너와 나 사이에

기다려 줄래, 라는 말과 맹견과
어려운 숙제와

세라의 굿잡

일기를 쓴다 세라는 사건이 없는 평온한 일과를 원하지만

이곳은 나란하지 않은 세상
그와는 구직 문제로 오늘 내내 다퉜고
지친 목소리가 글자로 변하는 어디쯤에서

이력서를 쓴다
울어서 두꺼워진 기분이 종이만큼 얇아지는 순간을 기다려
모든 것을 기입하고 싶어 예를 들면
성탄 이브에 부리를 다친 작은 새가 있습니다 예를 들면
병가를 내도 괜찮을 좋은 일자리를 원합니다 예를 들면
폐비닐 안쪽에 묻은 침출수를 만지는 일을 했습니다

이력서를 쓴다
반복되는 일상만 적는 일기와 다를 게 없는
나를 주어로 하는 문장에선 주어를 생략해야 한다는 불문율과도 같은

찬밥을 푼다 밥 앞에서 세라는 쓸모가 없어지고 가로등 위에서 밤하늘의 달은 쓸모가 없어지고 빌어먹을 쓸모를 위해 내일도 빌어먹을 지원서를 내밀어야 하고 이 밥이 쓸모가 없어지면 밤이 얼마나 좋을까 고요한 밤 거룩한 밤 다음 아침에 눈 뜨고 싶지 않은 밤

카드 리볼빙 서비스의 이자가 열심히 일하고 있는 밤

완료형

해가 있는 동안에는 걸어야 한다고 들었다 저문 후에 남을 의무는 없다고 했지만
아무도 믿지 않았다
무심코 걸어 들어가는 현관문이 누군가에게는 퇴로였을 것처럼
밤은 종종 깜깜함을 잊는 일터였고
무거운 운석에 발을 찧거나 별빛에 손을 긋는 순간이 오기도 했다

로라의 눈은
고인 물의 명도만큼 울었고
그친다는 말의 불가능성을 생각해 보면
완료형의 문장은 다 거짓이거나 휘황찬란한 밤이라고 말했고
우리는 최소한의 인간이 되려 했지만

까만 발바닥으로 흐린 비를 옮긴다
밤이 깜깜함을 회복한다면 별은 발이 머물 수도 있었을

땅이겠지만

로라는

젊고 아름답고 문제를 직시한다

우리는 최소한의 인간이 최대한 될 수가 없고

로라에게서 선물 받은 주석잔 손잡이에는 어둠과 잔업과 세라의 시가 조잡하게 박혀 있었다

빛, 이라고 말하며 우는 사람이 있었다

제2부

새벽잠은 노곤한 밥풀을 수억 개씩 달고

대리운전

취객은 나를 부르고 그 사람도 불렀다
더 좋은 조건으로 갈아타는 연인처럼
그 사람으로 골라 차 키를 맡겼다

시동 거는 소리와 내비게이션 작동음이 들린다
내가 그들을 망연히 바라보는 동안
더 괜찮은 지역으로 가는 콜을 놓치고 있는지도 모른다
막차에 몸을 싣고 넉넉히 귀가할 만한
그런 곳의 콜을

돌아선 채 바깥을 향해 말려 있는 바짓단을 본다
젖어본 적 있는
모든, 끝이 말려 있는 것들
타인의 거처에 닿아
또 다른 타인의 거처로
거기서 다시 처음 보는 사람의 집으로
몇 번을 거듭해온 젖은 흔적들

취객이 조수석 창문을 조금 내리더니 뭐라고 외친다 어떤 말은 듣고 어떤 건 휘발되게 둔다 그 말들이 가슴에 못 스며들도록 다음 고객을 상상한다 이 취객보단 조건이 좋은 어떤 고객을

연극 무대에 대역 배우로 서본 적이 있다
사람이 스쳐 갈 때마다 우는 배역이었다

라이더
— 얼마든지, 나는 도착한다

몸이 증발하는 무더위를 내내 달렸다
하루는 예닐곱 번의 연착이거나

바람이 지나간 정원에 도착해 파헤쳐진 뿌리를 매만지는 일

거치대의 지도를 흘깃 보며 몸을 튼다
굽어지는 각도 따라 바퀴가 눌렸다 비틀어진다
화물이 아닌 것과는 동승한 적 없다
아무것도 싣지 않은 사이에
한쪽 발끝을 땅에 대고 콜을 기다리면

땅은 걷는다 걸어서 길이 된다
길이 되지 못한 흙으로 정원에 파인 구멍을 메워주고 싶다고 생각했다

그냥 서 있는 것들
너머로

초조한 새들은 얼마나 숲을 째깍거리는 걸까
걷는 속도로 살기 위해 몇 번이나 날개를 꺾었을까

나는 라이더다 나의 뼈는 속도로 견고하고 언제나
기다리는 사람을 위해 달린다

쏟아지는 콜처럼
도로의 자동차들이 질주할 때마다
검은 바퀴와 바퀴 사이로 몸을 기울인다

인간이라는 장르에서 벗어나는 순간이 있다

구내식당
— 해고의 기억

1
이곳에서 여름은 여러 겹의 더위
토막 친 닭을 가마솥에 넣고 삽으로 휘젓기
불타오르는 빨간 맛을 내기 위해 캡사이신 붓기
다시 삽으로 휘젓기

이곳의 여름은 내 몸의 표백을 원하는 폭우
락스 물 뒤집어쓴 채 바닥을 박박 문지르는 동안
내 몸에서도 찬모의 몸에서도 비를 뽑아내는 먹구름의
떼

모레면 그만두는 찬모가 나를 불러낸다
병원 밥 짓는 일은 지금보다 고되고
학교 일은 좀 나으니 연락하겠다고
형편 안 좋은 걸 미리 알았다면 경계하지 않았을 거라고

위생모와 가운과 장화는 유니폼이지만
검은 고무줄 바지만큼은 사복인데

오래된 고무줄처럼 느슨하게 일할 줄도 알아야 한다고
속삭인다

나는 그와 눈을 맞추며 웃어 보인다
레시피 종이 아래 그의 연락처와 새 보건증을 꽂아둔다

2
대형냉장고에 들어가 며칠째 겉껍질이 말라가는 채소
위에 물을 뿌린다

밤새 불린 계란찜 그릇은 지문으로 문질러 봐도
얇게 낀 회백색 단백질이 가시지 않는다
쇠그릇 하나도 철수세미로 문지르진 않는 불문율

음식물쓰레기통에 머리를 넣고
깊은 바닥까지 닦아낸다
하수구 속으로 상체를 깊숙이 숙여 넣고

새하얀 고기 기름을 걷어 올린다
희석시키지 않은 락스로
때 묻은 오후와 행주를 표백한다

아는 얼굴이 황급히 돌아서더니 두 번 다시 찾아오지 않는다
그 사람에게

퇴식구 너머에만 존재하는 나는

3
나 때문에 선량한 수미 씨는 눈물을 흘렸다

사장은 그동안 사람 자를 줄 모르고 살아왔다고
하지만 예전에 뭐 하던 사람이기에 김치도 제대로 못 써냐고

엉치뼈를 누르며 앉는 나를 향해 조용히 물었다

찬모들은 느타리버섯을 찢으며 서로 눈짓을 주고받았다
숙달됐다는 이유만으로 나 대신

수미 씨는 연통에 매달려 오래 그을음을 닦아내야 했다
내 몫까지
통곡을 쏟으며 일해왔다

별 없는 밤을 지탱하는 건 똑같다지만
그에겐 나보다 어린 자식과 조카가 있다

조용히 나가줘서 고마워요
찬모들이 추천한 새 사람의 번호를 누르며 사장이 말했다

나가줘서 고마워요 월급은 특별히 제날짜에 이체해 줄게요

2020, 걸레를 빨다

나무로 된 자루를 대야에 걸쳐 놓고
물걸레의 머리를 감긴다

계단의 먼지와 바이러스와 현관의 비둘기 똥이
섞이다 섞이다 한낮의 저문 데를 울컥울컥 게워낸다

머리칼은 밤의 은밀한 결을 타고 흘러야 해서
두 손으로 마디마디 비벼 주물러야 하지
얼굴을 더듬어 씻기는 동안 고무장갑은 밀쳐둬야 하지
금방이라도 리듬을 탈 것 같은 레게 머리의 안쪽

여러 갈래 머리카락으로 덥수룩하지만
허공처럼 자꾸 손이 빗나가는 곳이 얼굴이겠지

심장까지 어두운 어둠을 불러 마냥 흐르고 싶은 밤에
먼지 물이 홍얼홍얼 자꾸 빠져나가는 밤에

걸레 자루를 비껴 잡고 계단을 턱턱 치며 닦던

나의 끝없는 낮을 생각한다

모두가 집안으로 숨어든 팬데믹의 여름 볕 아래
흔들리는 동공을 들킬세라
한 칸 한 칸 계단을 닦으며 먼지처럼 올라갔지

힘껏 걸레질하는 동안만큼은
아무도 끼어들 수 없는 걸레와 나만의 시간이 있네

걸레가 낮에 나의 눈물을 받아줬던 기억을 꺼내며
오래오래 머리를 감겨 주는 시간
얼굴을 짐작해서 눈곱을 떼며 마른침을 닦아주며

머리카락이 다 마를 때까지 말할 수 있지
끝까지 계단을 밀면 옥상을 만나는 일에 대해
거기서부터 다시 계단이 시작되어
당장 꺼질 것 같은 바닥이 점점 높아지는 삶에 대해

샴푸실에서

손님의 눈에 수건을 얹는다

저 아직 울 수 있을까요

이곳의 시간은 천천히 흐르고
거품 가득한 공간이 주춤 뒤로 물러난다

주춤 흐르고 아주 천천히 흐르고를
반복하는 틈에

물의 시간 비릿한 물의 소리
손님과 나의 대화가 되살아나다 흐려진다
고객님, 헤어컷 6번에 특별 트리트먼트, 그리고 스타일링 젤을

16만 원에 드립니다
나는 권해야 할 묶음 서비스가 있고 성공한 적이 없고

저 아직 울 수 있을까요

흐르지 않는 공간
거품이 가득한 공간
도시엔 별이 없고 별점만 있다
카운터에 앉은 사장이 이편으로 고개를 기울이는 동안
시간은 매 초마다 검은 머리카락이 잘려 나간다

저 아직 울 수 있을까요
울면서 기대를 거두지 않을 방법이 있을까요

피트니스 전단

그는 무너지지 않는다
의족으로 된 오른발을 왼발에 붙여 서는 습관

기대어 존재하는 것들의 편이라고 생각했다

거리를 메운 사람들이 웅크려 걷다가 고개를 돌리거나
거칠게 쳐내는 종이
앞뒷면 가득히 선전 문구 사진 약도 전화번호
간절하게 내민 손
누구의 손아귀에라도 들고 싶은

전단지의 모서리에 온통 손을 베인다

맞은편엔 우울에 기댄 담쟁이가 가을을 떠메고 간다
저녁은 잦아드는 물결이라서
오른발을 떼다가 중심을 잃고 잠시 기울어지지만

무너지지 않는다

오늘 그는 사백 번 거절당했고
오십 번 거리에 버려졌고
아홉 번 찢겨서 바람에 날아갔다
그리고 그것들을 합한 수보다 더 많이

왼발은 오른발이 결코 부어오르지 않는 이유를 알고 있다

서서히, 그가 돌아선다
전단지 사진 속, 오래전 자신과 눈 맞춘 채로

택배 분류

쌀이나 생수를 피하면 안 됩니다, 안 됩니다

대충하지 말고

일머리를 사용해요

한 발 빼면 바로 알아봅니다

수화물을 집어던지거나 주의를 기울이지 않는 행동

체크하고 있어요

움직여, 무조건

작업반장 얘기는 그만 들어도 돼

나랑 같이

쌓고

줄 세우고

나르고

나랑 같은 팀이니까

쌓았던 걸 무너뜨리면 안 돼 그럴 조짐이 보일 땐

그냥 내가 넘어질게

때로 나는 너를 노려보게 돼
이유를 모르는지 모르는 척하는 건지
너의 둥근 눈과
네가 한나절 분류한 짐들의 너저분함이

층층 쌓인 내 마음을 무너뜨리는구나
난 너의 서툰 반복을 분류해야 하는구나

손가락으로 윗니 안쪽을 문질러보게 되네
견고하고 질서정연한 것들 예를 들면
내용물이 유리라서 단단해지는 종이상자 같은 것

어디론가 실려 갈 상자들, 상자들, 우리들
때가 되면
상자들이 말한다
택배차에 사람들을 실려 가자

상자도 작업자도 다 실려 나가면

다음날에도 같은 사람들이 모여든다
같은 날에도 다음의 상자들이 모여든다

도배하다

빗자루로 벽면을 싹싹 쓸어요 사포질도 더 합니다
아직 울퉁불퉁한 벽과 벽
나란히 서 있는 벽
직각으로 꺾이는 벽
눈을 감고 벽을 만지면서 주욱 걸어가는 동안 끊이지 않는 벽
오늘은 104호를
내일은 404호를 도배할 예정인
내내 같은 구조만 덧바를 벽

이 집은 전에 쓰던 벽지가 너무 탄탄하게 부착돼 있습니다
옷과 모자를 걸던 못들이 너무 깊이 박혀 있습니다
떼어내고 뽑을 때마다 이전의 식구가 상처를 입을 것 같습니다만

벽과 벽, 천장과 바닥, 벽과 벽이 맞닿는
모든 이음새는 평탄해야 합니다

평탄해야 합니다

이 일엔 정년이 없으니까
당신은 잠시 일손을 멈추며 얘기하지요
풀 바른 도배지가 구겨지거나 찢어지면 안 되는
수십 가지 이유를 잘 들어주시지요

수평 위에 선 것은 다 수직이어야 합니다
수직은 수평을 잃지 말아야 합니다

사방연속무늬의 벽지를 붙이기 시작합니다
끝없이 이어지는 연속무늬 꽃들
이 세계의 모든 모란이 쏟아져 들어오는

천장에 붙인 도배지가 늘어지기 시작해서 당신은 식은땀을 흘립니다
풀 먹인 도배지의 피부가 쭈글합니다

여기서 한 번쯤 연속무늬 패턴이 끊어집니다

이 일에는 정년이 없지만요

김밥을 말다

까만 아스팔트 위로 불면의 하얀 물류 트럭들이 달린다

나는 새벽잠을 점점 밀어서 쫓아 버리고
노란 알전구 밑에서 죽어가는 폐계의 황달을 팬에 부치고
둥근 캔에 갇힌 참치를 꺼내 기름을 빼고

가게 사장과의 평화를 위해 포기한 말들을 채 썰어 볶고
새벽 공기 속에서 차갑게 굳어가는 몸은 주걱으로 살살 펴주고

차차 올려놓는다 기억하고 싶지 않은 것들은
둥글고 까맣게 말아 버리며
물류 트럭에 실어 보내며

길 건너 프랜차이즈 빵집의 불이 켜진다
트럭이 사라진 거리에 사람의 발소리가 들리기 시작한다

김밥을 칼로 썰어 은박 호일로 감싸고

새벽 버스 타고 일터로 가는 사람에게 봉지를 들려주고

깜깜 밤중의 색깔을 끌어 덮으면
어느새 풀려난 새벽잠은 노곤한 밥풀을 수억 개씩 달고
나를 굴리는 것이다

노선버스

막차가 들어오고 있다 막차가 어두운 뼈로 자정을 밀며 들어오고 있다 막차는 정해져 있어? 그가 물었다 아니. 누가 고개를 저었다 그럼 당번이 있나? 이번엔 대답하는 사람이 없었다 망막까지 뿌연 숨이 차올랐다 누구나 막차니까 막차가 될 수 있으니까 망막까지 숨찬 질문에 대답하는 사람이 없다 자정에 서서

연료와 타이어를 점검한다
현금으로 낸 차비를 수거한다
운행일지를 적는다

종일 노선에 묶여 달렸다 앞차와의 간격을 칼같이 유지했고 어김없이 다음 정류장을 안내했고 모든 순간에 핸들의 각도를 지키며 다음 정류장만 생각했다 그리고 다음 정류장 다음 정류장 마침내 종점. 막차의 시동이 꺼지자 죽음같이 사방에 어둠이 둘러쳐지고 있었다 버스들의 파란 뼈대가 허물어지고 있었다 그러나 만약

모든 버스가 앞차와 뒤차의 간격을 무너뜨리고 달아난다면
매일 보는 풍경을 버리고 미칠 듯 핸들을 꺾어 버린다면

가끔 우산처럼 접힌 게 있어서 가까이 가 보면 잠든 사람이었다
유실물로 보였다 그 자신조차
육체를 깨우지 않는

병실에서

밤 10시가 보조 침대에 닿아 희끄무레 빛이 난다

수액도 흘러들지 못하는 쉰 목소리를 삼키며
흐려지는 창문 아래에서 열 번째로 가래를 빼낸다
기저귀를 간다
열한 번째로 가래를 빼낸다
당신의 몸을 뒤집어 체위를 바꿔준다
열두 번째로

당신은 두 손을 늘어뜨리고 침대에 누워 있다

날개뼈가 점점 두드러지고 있다
기저귀 둘레를 좀 더 줄여야 하고 당신이 가진
슬픔의 골격을 헤아려
한 치수 적은 환자복을 가져와 입혀야 한다

땀에 젖은 옷이 쉰내를 풍기며 달라붙는다
그대로 보조 침대에 앉아 손을 접는다

당신은 오래 살았다
까맣게 마른 손등으로부터 번진 열푸른 핏줄이 온몸에 그물을 치고 있다
발끝까지 포획되면 심장이 딱딱해지기 시작할 것이다

수액 줄에 맺힌 달빛이 흐려진다
내 목구멍에서 그륵거리는 당신이라는 밀물

열세 번째로

이월

하얀 게 흩뿌려지는 날이면 모르는 얼굴이 나타나 흘러내리곤 했다 조금씩 망가진
기계와 재료들, 잠시 혹은
오래도록
커팅 기계에 굴절된 그림자를 늘어뜨리고

밝은 직선의 창살에 닿아 쇠 맛이 나는
추위

환풍기 날개에 닿아 먼지가
하얗게 흩뿌려지곤 했다 공장은 일주일에 한 명씩 사람의 얼굴이 바뀌고
입김 없이도 유리창이 흐려져서
우리는 늘어진 소맷자락으로 창을 닦았다 닦을수록 유리에 번지는
먼지
이곳의 희망은 흐려지게 그냥 두는 거라고
사실적으로 죽어가는 거라고

깨진 창 너머 염증세포처럼 구름이 증식하고 있었다
죽어버린 지난달이 이달로 이월되고 있었다

뭐라고 이름 붙일 수 있는 날씨인 것 같은데
말을 내뱉기엔 아무도 충분한 분량의 숨을 쉬지 못했다

제3부

사람 하나가 캐비닛 서랍처럼 차고 깊은 물질이 되어

플랫폼에서

협궤열차를 생각하는 아침입니다 아직 광운대역에 전철은 도착하지 않았고 갈퀴로 쓸어낸 낙엽처럼 사람들이 사이를 두고 서 있습니다 개찰구와 플랫폼 사이로 비치는 빛을 따라 한 사람 한 사람 얼굴이 점멸합니다 우리는 무슨 희망처럼 전철을 기다리고 있고 그동안 천안행 열차는 서 있고 사람들은 인천행을 기다립니다 아파야 타 먹는 보험을 넣느라 출근합니다 죽어야 나오는 돈은 절명가의 곡조를 가졌습니다 좋은 것들은 늘 애쓰거나 치열하거나 수치스러운 일을 겪는 동안 그러니까 기다리지 않는 동안만

들어옵니다 자주 휘청이는 바람과 같이

왼쪽 기차는 난시처럼
오른쪽 기차는 근시처럼
우리는 동시에 어지러워집니다

나란히 서 있던 사람이 사라졌다는 소식은 나중에 듣게 됩니다

레드 문

미아보호소에서 데려온 4년 만의 휴가라는 녀석이 이불을 당겨 덮으면 나도 잠시 마음을 놓고 창틀에 와 닿는 가을비 소리에 귀 기울입니다 도시 가득 기계들이 계속 돌아가고 어머니는 프라이팬에 돼지비계를 얹어 기름을 내고 이 순간에도 타인의 손이 가동됩니다 나는 휴가라는 녀석과 놀아주는 방법을 오래전에 잊어버려서 휴가를 깨우지 못한 채 누워 있고 녀석이 일어나면 돼지기름에 바짝 볶은 짜장 소스로 밥을 비벼 늦은 아침을 먹으려 합니다 비가 내리고 있어도 가루세제처럼 살갗이 까슬한 시간 동료의 손이 가동됩니다 신의 정밀한 기계처럼 지구가 오차 없이 돌아갑니다 지구의 얼굴 반쪽은 늘 검은 기름이 묻어 있습니다 조금 떨어진 곳엔 손바닥 붉은 목장갑처럼 달이 떠 있습니다 한 손에 달을 낀 지구가 작업을 계속합니다

번아웃

초록이 식자 나뭇잎도 시들해졌습니다

여름을 주저앉힐 기운이 부족해서 가을이 왔습니다
높다란 천장은 순식간에 바닥이 되고
젖은 옷이 덜 마른 옷 틈에서 이상한 냄새를 풍기며 말라가
고

사람들의 앙가슴 사이로 나사못 같은 가슴뼈가 오르내립
니다
조임쇠란 조임쇠는 다 풀려서 덜그럭대는 오후입니다
세우려고 애써온 등이 한순간에 굽어집니다

자꾸 야위는 나날을 짊어지고 온종일 헤매지만
무릎을 세우고 고개 숙여 봐도 무릎은 두 귀도 못 막을
만큼
아주 힘껏 헐거워져 있습니다

여름 내내 여름은 제 몸을 쏟아부었습니다

가을은 겨울이 올 때 밀려날 생각으로 그냥 남아 있습니다

초록 하나에만 몰두하던 초록이 드디어 지쳐
잎들의 바깥으로 새 나가는 중입니다

가스처럼 살았습니다

눈을 떴다 감을 때
이 세계는 눈꺼풀 안쪽의 잔영인 것 같습니다

우리에게 거미만큼의 지혜가 있었다면

가만히 있으면 드러나는 사람이 되고
한 발짝 다가서면 드러내는 사람이 됩니다

바깥으로 돌아가면 내가 아닌 것들과 인사하겠죠 안녕,
당신은 안녕이 무엇이라 생각하십니까

우린 여기 모여 가진 것을 나누었어요 이 자리가 나뉘지 않도록
무한소수가 될 때까지 다시 또다시 끝없이 나누었습니다
누군가 물었지요
시선은 어떻게 재가 되나
어떻게 고공의 크레인까지 날아올라 숨을 멈추게 하나

크레인에서 바라보면 땅에는 자기만의 렌즈를 낀 사람도 많았어요
누군가 탄식했습니다
우리에게 거미만큼의 지혜만 있어도 안전망을 짰을 텐데
걷다 보면

풀 잎사귀 가운데 나란히맥 하나쯤은
우리의 길과 같은 방향으로 나 있었을 텐데

그러나 우리가 가진 것을 모두 꺼내 나누고 나누어
무한소수에 가까워질수록
이 자리는 나뉘지 않고

문득 사라지는 듯 보였던 희망들이 사실은
죽을 것 같은 삶을 살 · 아 · 지 · 게 만들려고
안녕을 물으며 흩어지는 풀씨라는 것을 알게 되었습니다

우리가 거미만큼의 지혜가 있다면
머리 가슴 나뉘지 않은 사람들 모여 내가 아닌 것들과
인사하겠지요

안녕, 당신은 안녕이 무엇이라 생각하십니까

두해살이

벌어진 문틈에 신문지를 끼워 넣으며 생각한다
2년짜리 셋집의 계약서에
아직은 기한이 남아 있다고
작년에 들어간 일자리도 한 해쯤은 더 지킬 수 있고
퇴근길을 함께 하는 동료들과의 저녁 자리가
한동안은 기쁘게 이어질 수 있다고

어제 공책 빈자리에 그려 보았던
유채와 달맞이꽃
월동의 보리
그런 두해살이풀꽃들
여전히 담벼락 밑이나 빈터에 서서
시끄러울 거라고
나도 접어야 할 것들을 생각할 때는 아니라고
풀도 이끼도 비정규직이고
사람은 비정규의 유년에서 노년으로 문득 옮겨지는 거라
고

모든 자식은 비정규의 부모에게 시한부로 맡겨지고
서리 내리는 들판에 선 두해살이풀들은
저의 뿌리를 지키느라 몸부림치고

곰팡이가 번지는 창틀을 걸레로 닦으며 생각한다
셋집과 2년짜리 밥벌이가 끝나도
거기 따라붙는 공과금 고지서는 나를 새 환경으로 이끌 거라고

나는 여러해살이풀이 아니므로
웃는 얼굴도 다가오는 새벽도

두해살이풀이므로

4시 40분 A.M.

새벽이다 나는 희미한데 새벽은
다음 새벽으로 겹겹 이어지고

나는 더 희미해져서 자전거 핸들을 놓칠 뻔하고 그림자를 쏟을 뻔하고
언제부터를 아침이라고 부르면 좋을지 모를 무렵에
페달 밟는 일을 그만두고 자전거를 끌면서 간다

자전거가 구르는 반대 방향으로 차갑게 더 차갑게
손이 식는 새벽인데

저만치서 146번 버스 세 대가 잇따라 온다
세 대가 동시에 닿는다 노원과 중랑을 지나
강남 테헤란로에 청소하러 가는 승객들
얼굴들, 희미하고 둘레가 꺼질 것 같은 얼굴들이
차곡차곡 들어찬다

골목 식당마다 납품 무 배추가 들어가는 시각에

나는 모퉁이를 돌아
자전거에 기대어
깡충거미같이 발걸음을 옮긴다

저만치서 같은 번호의 버스 두 대가 또 들어온다
겹겹 새벽이 이어지고

그 그늘에 갇혀 종일 아침을 잃어버리는 하루가 열리고 있다

눈꺼풀 나비

신은 재단 가위를 내려놓았다 원단이 부족한 날 만들었던 사람 하나가 캐비닛 서랍처럼 차고 깊은 물질이 되어 돌아왔다

애무의 기운은 감지되지 않았다
자외紫外의 싸늘한 모멸만이 서치라이트처럼 훑은 생애였다

그의 소원은 저와 닮은 생명을 남기지 않는 것
소원이 이루어져 다행이라는 듯 눈이 내리고 있었다

외항에서 외항으로 떠돌던 삶이었다 고향으로 돌아오면 낯선 개들이 주위를 맴돌았다 맴돌면서 거리를 좁혀왔다 점점 좁아지는 동그라미 안에서 술래가 된다는 것 접힌 달이 조금씩 펴지는 밤이 되어도 오금을 못 펴고 쭈그려 앉는다는 것

맺히고 얽히고 단단해져야만

갑각의 건물들로 가득한 거리에 나설 수 있었고
주름과는 끝내 친밀해지지 않았다
스타트 라인에 설 때마다 모두 나란하다고 주문을 외웠지만

이제 삶이 다 소진되어 축복이라는 듯
눈동자가 흙탕물로 변해가고 있었다
물이 두 손으로 흘러들고 있었다

지상의 누구도 풀지 못한 깍지 낀 그 손을 신 또한 풀지 않았다
두 개의 눈꺼풀이 생애의 자투리 헝겊으로 남겨졌다

신은 그것을 가만히 어루만졌고 그러자 이미 저의 절벽을 봐 버린 자의 눈꺼풀 안쪽으로 한 쌍의 붉은 날개가 펄럭이기 시작했다

택시 운전

그가 검은 마스크를 밀어 올리자 입술만 드러나고 코와 눈은 어둠에 파묻힌다
가장 왜소한 크림빵을 파는 가게로 갑시다

당신은 참으로 편리한 그늘을 가졌군
나는 마스크를 힐끗거리며 출발한다

미터기를 꺾고
그와 나는 달린다
네 개의 바퀴 위에 등속으로 앉아

새벽의 크림빵이 밀려나는 아스팔트 길을 따라
검은 해초가 발목을 당기는 해안을 되짚어 나와서

아무도 당도하지 못할
친밀한 공포 속으로

나의 일상은 택시를 몰고 목적 없이 도시를 배회하는

것 내 몸은 승객의 점령지 국경 초소나 보초 따위는 없다
누구든 아무 때나 넘어와도 되는 최후의 땅 나는 아무나
잡아탈 수 있는 택시이고 동승하기 위해 달린다 대로를
지나 바람인형이 무너질 듯 춤추는 길목에 들어서자

그가 심야방송 채널을 돌리라고 명령한다
퀴퀴한 냄새가 난다며 손바닥으로 제 입을 틀어막는다
나는 안다
나는 우는 사람의 제스처에 익숙하다

네 귀에 건 가엾은 그늘은 아직 바닥에 눕지 못했구나
우리는 속도 위에서만 안전하지만

종일 지고 온 막막함을 커피에 찍어 먹겠다는 뜻이겠지
가장 풍만하게 딱딱해지는 빵 가게 앞에서 택시를 멈춘다

벽

구겨진 작업복이 걸려 있다 저것도 구김 없이 마르고
싶었을 것이다
네가 잘 나온 사진으로 걸어 두었다

불을 끄면 발끝까지 저무는 너를 향해
일하려는 곳이 왜 꼭 거기여야만 하냐고
이미 잃은 것은 떠나가게 두라고
나는 거듭 충고했고

창문은 창틀과 맞지 않아 매번 바람을 일으켰다
끝까지 당겨주지 못한 문은 쾅 소리를 내며 닫혔고
그럴 때마다

너를 잘 감싸고 있는 줄 알았던 사진들이 미세하게 떨리고
벽이 내상을 입는 걸 몰랐었다

봄꽃이 절정이다 오늘

예쁘다 예쁘구나

떠나겠지

한 번은 만나야 할 사람이라는 건 착각에 불과할지도 모른다

창 너머 멀리서부터 얼룩이 다가온다고 생각했는데
떠나가는 너였다

빈칸

우리는 모여 병째 들이켰다 무너진 담벼락 아래 서서
공모전 낙선작같이

어둠도 되지 못한 찌꺼기들이 발밑에서 붐비는 걸 조금 보다가
비틀거렸고
끝내 엉덩이가 땅에 닿았다
마지막 밤이었다 여기서 월급을 받는 인간으로는

쥐 한 마리가 하수구에 들어가려다 좁았는지 다른 데를 쑤석거리고 있었다
우리는 쥐를 쫓는 개처럼 열심히 뛰었으나

찢겨서 흩뿌려진 이력서처럼
미세먼지를 통과한 더러운 눈이 흩날렸다
다가오는 봄은 겨울의 연장전일 뿐이고
우리는 겨울을 초과했지만 봄에는 미달했고
라면 상자에 지난 세월을 담아 귀가해야 했고

1년 8개월
2년을 채우진 못했습니다 우리 자리는 결핍되었고요 곧
누군가 들어오겠지만

모든 계절로부터 조금씩 멀어지는 중이었다
사장은 빈칸을 채우느라 사람들을 줄 세울 테고
우리는 또다시 타인의 빈칸에 들어가야 하겠지만

대체로 흐림

1

이것은 일조차 아닌 것입니다 더 노력할 수 있어요 시급만큼 시급한 건 물가라고 생각합니다만 집주인은 제가 세든 집을 더 비싼 값에 내놓았습니다 괜찮습니다 사실 모든 물건이 그렇듯 집은 형식일 뿐, 그가 정말로 손에 쥔 것은 저의 집 안으로 꺾여 들어오는 온갖 빛살과 수도관 속 깨끗한 물줄기지요 제가 손에 쥐지 못한 것은 그런 것들이지요 집주인은 그걸 높은 값에 빌려주는 겁니다만 저와는 돈 버는 방식이 꽤 다릅니다만 괜찮은 것 같습니다 먼지도 그렇지 않습니까 침대에서 일어나 분주히 떠다니는 먼지가 있는가 하면 계속 누워 있는 먼지도 있는 거겠죠

2

저의 일터에는 흠결 없이 크고 좋은 기계가 있습니다 냄새를 맡고 뺨을 대보면 날씨에 따라 다른 느낌을 줍니다 저와 달리 기계는 보증서가 있습니다 망가질 순 있겠지만 사라지지 않습니다 우주의 나이까지 존재할 것입니다 대부분의 작업을 기계가 하니 제가 하는 건 일이라고 할 수도

없습니다 저는 영원한 기계를 위해 임시로 고용되었습니다

오월

손에 삽이 달린 채로 기억되는 아버지
시래기 붙은 국자가 들린 채 기억되는 어머니
박토의 흐린 지평선에다 고구마랑 가지를 심고 싶어 하셨지
우리는 그 사이에서 났다
하루 종일 굽혔다 폈다 하는 오빠는 거대한 기계의 경첩이었고
사람을 잃을 각오로 나는 다단계 수첩에 친구들의 이름을 적어 넣었다
조금 내디디면 아찔한 허방이었고
물러서면 뒤축이 꺼진 구두에 온몸이 담겨
깜깜해지거나 무너지곤 했다
자꾸만 눈이 깊어졌다
자꾸만 눈자위를 눌러서 악몽을 키웠다
둥근 탁자만 매만져도 손톱 밑으로 가시가 들도록

기계에 손 하나를 내어주고 오빠는 종적을 감췄다
나는 방에 쌓여 있는 물건을 팔아 플라스틱 의수를 맞추고

싶었지만

무릎을 껴안고서 할 말이 없었다
오월의 별에 플라스틱 데워지는 냄새를 맡고 싶었지만

검은 구두코에 기댄 달빛

어두운 입술 사이로 문장이 지나가지만
검은 구두 속에는 강물이 흐른다는 말도 못 하겠습니다

어둠이 내려오고 어둠이 번지는 것은
새벽이 사라져 버리고 싶기 때문일 것입니다

심장을 물밑으로 놓아 보내던 날
자신의 그림자를 밟아야만 길을 걸을 수 있는 나를 발견했습니다
가고 있는 것들은 죄 그렇더군요 다만
나무는 제 그림자를 밟지 않는 대신 아무 데도 가지 않는 것이었습니다

나무가 된 아이
나무가 된 길고양이
뿌리가 된 삶의 단단한 암초 뒤로 하루는

달빛이 검은 구두코에 제 등을 기대고 우두커니 있는

모습을 보았습니다

아마도 고된 하루를 돌이키며 울고 있는 것 같았습니다

그림자도 없는 달빛은 앞으로 가야 할 길이 하 멀어서

조용히 기댈 그림자가 필요한 것 같았습니다

구두 속엔 세상의 모든 뒷골목으로 가득한 주름들

종일 외근 뛴 날의 팩소주와 겔포스 냄새

변기 앞에서 여러 번 짓이겨 끈 담뱃재

우울이 삼켜버린 광채와

정작 짓이겨야 할 것들은 못 이기고 자신만이 가루가 돼버린 하루가

다 들어 있습니다

어둠이 어둠에 기대어 도미노로 무너지는 동안

달빛은 채워지지 않는 제 빛에 갇힌 채

검은 구두코에 걸터앉아서

몸을 갖는다는 것은 어떤 것일까

이것을 신고 걸어보는 삶은 어떤 것일까 생각하고 또 생각해 보는 것입니다

멀리 장례미사가 거행되는 종소리에 쫓겨 더 이상 갈 데 없는 어둠이
나를 나무로 꽝꽝 박아넣던 밤이었습니다

제4부

귀에서 눈물이 흘러나오기 시작한 것은

콜센터 유감—재즈콰르텟

1

밤마다 폐선이 되어 돌아오는 그 애는 낮에 본 난파선이며 물밑의 암초 얘기를 하는 게 아니다 높이 드리웠던 아침의 돛이 너덜너덜 찢긴 얘기를 하는 것도 아니다 그저 대충 씻어서 변기에 엎어 말린 머그컵에 맥심 커피믹스 여덟 개를 타 먹은 얘기랑 오줌을 참다 지리는 바람에 헬로키티 방석의 눈과 얼굴에 황달기가 돈다는 소리를 포복절도하며 들려주곤 할 뿐 그 애는 몰아치는 콜을 조금 받아냈다고 겨우 식욕도 못 참아서 겨드랑이 아래 조그만 부 유방이 자라고 있다고 곧 네 개의 젖꼭지를 장착하게 될 거라고 가까운 미래를 엄숙히 예언한다 그리고 설핏 잠이 찾아들 무렵엔 내 손가락을 쥐고 꼭 이렇게 말하는 것이다 언니 그래도 난 침몰하지 않았어 다행히도 울 시간이 없으니까

2

어쩌지 언니 난 그 고객의 컬러링이 좋아 요즘 핫한 음악을 아침저녁으로 바꿔 들을 수 있어 그럴 땐 나도 잘 웃는 사람이 되어 겅중겅중 뛰어다니고 싶어져 아, 밖은 불땀

나는 대낮인데 사랑합니다 고객님 물론 그의 플레이 리스트가 완벽하진 않아 그걸 얘기해주고 싶어 우린 좋은 친구가 될 수 있을까 낮에 자동차 캐쉬백 수수료를 잘못 안내했어 근무 도중 요율이 바뀐 거야 하지만 내가 나서야지 우린 전화 자살조니까 잠시 안녕 이제 카톡은 못 봐 재즈콰르텟이 멋들어진 고객의 컬러링 들을 시간이네 물론 음악이 사라지면 들은 값은 지불해야겠지

콜센터 유감—녹취록

녹취 파일을 받아 적어 제출합니다 —음, 본인의 상담을 적어 보니 어디가 잘못 됐나요— 자음모음받침, 모음자음, 잘 모르겠는데요 —파쇄하고 다시 써 와요— 하지만 저녁 8시고 아이의 이마에 열꽃이 두 송이 세 송이 피는데요 —이봐요 이 종이 내가 직접 찢을까요—

어, 그 부분은 어, 그
평생 이렇게 살아라 이 간단한 것도 못 하냐

그건 어, 고객님 전산처리 불가라
안 되는 게 어딨어 21세기에

제 상담의 잘못된 점은 스피치에 허사를 남발한 것과 자신 없이 응대한 점 고객님의 마음을 불편하게 해드린 것입니다 죄송하지만 지금 집에서는 아이가 헛것을 보고 있…… —됐고, 다시 써 와요—

주소 불러 당장 쫓아갈 테니 거기 어디야

저, 고객님 저희 주소는 공개가

복장 터지네 넌 거기 서 있고 상급자 바꿔

제 상담의 문제점은 바쁜 시간에 팀장님을 민원 통화하게 만든 것, 지금도 퇴근 못 하시게 붙들고 있다는 점입니다 21세긴데 저는 자꾸 언어를 놓치고 ―아니지, 본인의 상담이 문제 있다기보다 본인 자신이 문제네 계속 일하고 싶다면 항상 생각하고 적어 보도록 해요―

만약 이 요건을 충족하지 못할 때의 당신에 대해

콜센터 유감—흡음 시스템

1

듀얼 모니터 앞에서 퍼렇게 얼굴이 물든다

첫 콜이 들어온다

콜을 받을 때마다 총알을 맞는 것 같아

무방비로

쏟아지는 소리

당신 신입이야? 당장 팀장 바꿔

전월 카드 실적에 오류가 있네요 이제부터 내가 직접 계산기를 두드릴 테니 잘 들어 봐요

월 300원 문자 알림 서비스를 누가 나 몰래 신청해 놓은 거야

이건 다 전화를 늦게 연결한 당신 탓이야 카드 대금부터 내야 하니 대출받아 입금해 놨는데 통화 대기 중에 보험료가 먼저 빠져나가 버렸잖아

2

고객의 몰아붙이는 소리를 팀장의 다그치는 소리를 잘 만들어진 흡음재 보드 벽이 빨아들인다 컴퓨터 자판 두드리는 소리와 상담사들의 목소리를 삼킨다 울면서 전화 받는 옆자리 동료의 목소리가 내 어깨에 흡입되어 삭제된다 누군가 팀장에게 항의하는 소리가 동료들의 팔에 스며들면서 사라진다 자리를 비운 상담사 수와 실적을 알리는 현황판 숫자가 광선을 내뿜는다 팔을 득득 긁으며 상담한다 바닥까지 고개 숙여 기침을 내뱉으며 상담한다 면적 가득 소리를 먹은 카펫이 먼지를 토한다 먼지가 소음처럼 온몸을 밀고 들어온다

귀에서 눈물이 흘러나오기 시작한 것은 그즈음이었다

콜센터 유감—뮤트

1

헤드셋의 검은 쿠션 사이에 끼어서 존재할 때
나는 목이 없다 좌우를
둘러볼 목이 없다 거미처럼
머리가 가슴으로부터 솟아올라 있다
입술은 심장에 연결돼 있어 말할 때마다
피가 가열된다

2

언니, 상담 중에 일곱 번이나 뮤트 키를 눌러서 내 목소리를 소거했어 네 번은 흐느꼈고 세 번은 욕을 했어 정말 치밀어오르게 하는 건 내 목소리가 돈이 될지 늘 생각해야 한다는 거야 언니, 누군가 내 콜을 듣고 있어 누군가 내 콜 품질을 관리하고 있어 어떤 경우를 당해도 미소가 없는 목소리는 불량품인 거야 언니, 숨이 쉬어지지 않아 감시가 없는 말짱한 바깥을 보고 싶어 우리가 업무에 집중할 수 있도록 늘 블라인드로 가려 주는 창문 너머

3

거미가 붙어 있다
조그만 소리가 날 때마다 한 줄에 하나씩 분배되는 콜을 받는다
거미는 가슴이 머리고 머리가 가슴이라서
가슴이 시키는 말만 할 수 있지만

그물에 걸린 저의 소리를 찢고 삼키면서도
거미는 거미줄을 그만둘 수 없다

위탁 판매

손가락 사이로 반품된 목걸이를 늘어뜨린다
못 쓰는 브러시로 사용 흔적을 털어낸 다음 새것처럼 올려놓는

오늘은 모르는 사람의 파우더를 묻힌 채 돌아오는 어제의 반품이라서

자꾸 접히는 무릎을 펴며 접객 매뉴얼을 본다 거울 보며 입꼬리 올리는 연습을 한다 모조 꽃이 줄지어 장식된 복도를 따라 사람들이 지나다닌다 이 목걸이는 얼마예요? 나는 매뉴얼대로 웃어 보이지만

당신에게만은 내 눈에 접안된 콘택트렌즈같이
구부러진 동그라미로 닿기를 바란다
빛보다 절실한 시선을 보내기 위해 종일 주파수를 맞춘다
이곳에서

죽어가는 별의 각화된 발바닥 조직이나 시들지 않고 죽은

꽃의 종양은

인기 있는 보석이다 내가 죽으면

별의 조직을 유골함에 부착해줄 사람이

필요하다고 적어 본다

쇄골 밑을 유영하며 종일 주파수로 울어대는

혹등고래나 말향고래나

아무도 못 사 가게 뒤로 빼 두고 싶은 물건들을 만날 때마다

당신 손목을 잡고 달아나는 상상을 하곤 한다

목걸이를 사세요 당신이 무엇을 입었든

당신을 반품하지 않겠습니다

필터링

관리하는 사람이 됩시다
팀장의 선창에 맞춰 두 주먹을 들었다 놓던 조회 시간이
내내 어른댄다

욕실에 쪼그려 앉아 기계에서 떼어낸 것들을 씻어낸다
바닥으로 쏟아지는 나의 실적 그래프를 걸러 보면
찌꺼기로 얼룩진 늑막도 처음처럼 청결해질까

거르고 거르고 걸러도 깨끗해질 수 없는
내가 쏟아진다

쏟아진다 내가
쏟아진다, 쏟아진다
엎질러진다 나는

팀장이 생각하기에 걸러야 할 사람일까
관리하면 그럭저럭 써먹을 수 있는 사람일까

팀장은 나를 의심하고 사람들은
물을 자주 의심하지만
물에서 벌레가 나왔어요, 주인은 말하지만

물의 맛을 늘 일정하게 관리하는 건
필터 속에 오래 숨죽이며 있다가
하수로 흘러가는 불순물들이다

나는 욕실에서 흘러나온다
주인 앞에서 한 번 더 걸러진다
현관문을 닫고 나와 원래의 하수에 합류한다

다음 번지를 검색한다

야간 경비

잔설이 깔린 밤거리를 내려다본다 자정이란 시각은 와도 되고 안 와도 되는 것이어서 플래시를 비춰 본다 플래시 빛이 거리의 노인에 닿는다 노인이 담배꽁초에 불을 붙여 무는 시각은 자정이어도 자정이 아니어도 괜찮은 것이어서 비밀은 항상 오늘과 내일 사이에 걸쳐 있다

무전기에서 호출음이 들린다
찜질방 안쪽에서 누군가 술을 마신다는 신고가 들어온다
불가마 안에서 젊은 여자가 질식해 실려 갔고
냉탕에서 네 돈짜리 목걸이를 주운 남자가 도망쳤고
그런 짓을 할 것 같지 않게 생긴 누군가 남의 다리를 만졌고

이런 종류의 일들이 맥반석 계란을 까먹는 동안 벌어진다
즐겁게 웃는 동안 생겨난다

이런 종류의 일들을 아무 소문도 나지 않게 처리해야 한다

건물 4층을 돌고 나서 나선계단을 내려오며
플래시 빛이 실내를 향하지 않도록 조심한다
손님들의 눈에 닿아 비밀이 오작동되지 않도록

폐건전지 같은 밤이 검고 진한 거품을 흘리는 동안
있었던 일들을 없던 일로 만들어야 한다

아무도 없는데 헬스장 러닝머신이 움직이기 시작한다
사우나실 모래시계가 소리 없이 넘어진다

외근

버스는 눈앞에서 놓치기 쉽다
정류장에 코트를 두고서 잊은 채 승차한다

방금 지나친 사람은 지난 계절 그만둔 그를 닮았다

내가 빠져나가 버린 코트는 몸이라는 내근직을 잊은 외근 사원이어서
벤치 위에 오래도록 걷는 자세로 나란할 것이다

안감 주머니 속 볼펜에는
까만 액체로 된 기억이 느슨한 거품을 내면서 말라가고 있을 텐데
그가 서류 가방을 멘 채 터벅터벅 걸었던 거리는
등을 곧게 세우느라 흔들릴 텐데

승객과 승객 사이에서 몸이 추웠다
몸을 껴안자 등이 시렸다
나의 두꺼운 팔은 코트가 아닙니다

코트여야 합니다
거래처에 갈 때마다 한 번의 서명을 위해 수십 번 울었다던
그 사람이어야 합니다

그가 퇴사한 후 나는 외근직의 서류 가방을 물려받았다
버스에서 내려 빠른 걸음으로 걸어가는 사이

몸을 뒤집자 안주머니가 나오고
초조한 잉크로 가득 채워진 볼펜이 굴러떨어지고

팔을 힘껏 휘저어 나아갈수록
거리는 등을 똑바로 세우지 못하고
온통 몸 없이 이대로

코트뿐인

강물

흐린 피에 커피를 부어 새벽잠을 쫓았다
피가 빠져나간 자리에 붙박여 서면 단풍이 붉어지고

결정해야 할 일들이 물이 되어 흐른다

주방과 홀 사이의 문턱을 넘나들며
낮에 쓸 재료를 썰어 두고 구석진 데를 비로 쓸고
락스를 풀어서 타일의 줄눈마다 문질러 닦고
이제 그만 가게를 내놓아야 하는 건 아닌지 생각하다가
한 쌍의 스티로폼 눈사람을 가까이 붙여 앉히고

귀가가 늦어지는 날이면 새벽 동 속에 아이들이 달려와
안겼다
때 묻은 베개 위에 하나씩 눕히고서 입술을 달싹이면

홀연, 이라고 발음할 때처럼 정신이 흔들리는 것
더듬더듬 부르는 자장가의 박자가 느려지는 것
그런 것들

멈추지 않으면 끊이지 않는
그런 것들이 물이 되어 흐른다

이런 날들엔 서리가 내릴 거라 예상하지만
아침을 바라지 않는 사람들이 울어서 태풍이 북상하고
잠을 빼앗긴 사람들이 탄원하는 입술을 멈추지 않아
지구가 온통 흐르는 것들로 덮여 가고

눈두덩을 황황하게 덮은 겉눈썹과
내내 저릿거리는 손목 사이

나는 분명 누워 있는데
달리면서 투명해지는 것이었다

1인분

샛강역 앙카라공원에서도 떠났었습니다
나는 공평히 부재합니다

지하 공장의 프레스기 앞에 나란히 서서 밥알을 씹는 환영 아래
신호가 엇갈리는 배고픔들이 이어지곤 했는데
이런 일들로 초과근무가 이어지다 보면 우린 곧 만날 거라고
당신은 그런 유서도 없이 그냥 가셨지요

어디서나 1인분의 밥은 내게 너무 적습니다
당신에겐 여전히 많은가요

샛강역도 앙카라공원도
차별당하는 잎사귀들도 온통 엉망으로 차별하는 나무도
1인분의 밥알은 적절히 배분되나요
배가 고파, 배고파 죽겠어, 시든 잎새의 귀에 대고 바람이 불평하자

도시가 낄낄대기 시작합니다
도시가 굉음 아래 폭식을 거듭하며 몸을 불리는데
당신이 그것의 육중한 육체에 눌려 마지막 선잠마저 빼앗길 때

민들레 홀씨나 엉킨 실 같은 것들을 손바닥에 놓아
멍하니 불어 보내기나 했습니다 나는 도시를
떠날 수 없습니다

돌아서면
한때 아름다웠을 썩은 꽃 위로 쉬파리 떼가 들끓는 아름다움을
환영을 혹은 진짜인, 환영을

눈물을 삼키면 나는 너무 범람해요
당신의 생몰년도와 이름만 새겨진 묘비 앞에 서면 생몰년도와
이름 위에 내가 어리비칩니다 눈물 마르는 순간이 온다면

나 역시

즉석에서 부재합니다

노가리를 반으로 찢고

소주는 들이붓고

당신이 누운 자리를 차마 못 보며 절하는 방식으로

도시의 늘어진 위장에 한 술의 밥조차 되지 못할 방식으로

무선조종 탱크 놀이

재이 아저씨는, 장난감공장에서 휘발 물질을 흡입했다는 아저씨는 이제 공장 담에 기대어 놉니다 풀을 뽑아 칼을 휘두르고 깡통을 주워 와 바퀴를 굴립니다 상상으로는 비대한 그의 몸이 바퀴 위에 걸쳐 있다고 가정할 수 있지요 제법 재밌게 달아납니다

오늘도 신은 황달 기운이 있는 햇살로 강림해
재이 아저씨 곁에 쭈그려 앉아봅니다
신을 알아보는 아저씨를 향해 누런 이로 웃어 보이며

부릉, 바퀴를 굴리고요

바퀴는 아저씨가 원하지 않는 쪽으로 방향을 틀고 신나게 굴러가고 담장에 머리를 처박습니다

바퀴의 둥근 데가 무너지더니 무한궤도가 됩니다 각이지게 전진합니다 재이 아저씨는 옛날에 장난감을 만들던 재이 아저씨와 깡통 탱크에 올라탄 상상의 아저씨가 동시에

됩니다 무선 조종기는 내내 보이지 않고요

비가 내리기 시작합니다

술이 드문드문 흩어지는 것을 비라고 부를 때
당신의 복강에 고이기 시작한다는 비는 언제쯤 술이 됩니까
탱크 놀이의 무선 조종기는 어디에 있습니까

아하, 신의 손바닥 안에 있을 때 무선 조종기는 보이지 않습니다

드문드문 적막이 흩어집니다
재이 아저씨를 내려다보며 신은 신이란 무엇인가를 고민합니다

면접—스캐닝

나는 책이다

면접관들의 시선이 일제히 훑어 내려온다
가느다랗고 흰 형광봉의 밝고 느린 빛

펼쳐진 페이지가 된 채 압박감에 눌린다
여기서만 출제되고 이 안에서만 해석된다
빛이 멈추고 누군가의 질문이 튀어나온다

-입사 시즌인데 어디 어디 넣었습니까-
명부에 적는 전화번호처럼 나는 비뚤배뚤해진다
-학점을 이렇게 받은 사유가 뭔가요-
왼쪽 오른쪽 페이지 사이에서 입장이 흐려진다

멈췄던 형광봉이 다시 자세히 훑으며 지나간다
어느 행간을 느리게 스치며 집요히 빛을 주사한다

대여점의 책처럼 빌려온 세월을 살았습니다 나는 보통

평범합니다 어제는 오렌지를 만지다가 노을이 묻었고 이틀 전엔 5개들이 삼양라면 봉지를 옆구리에 끼고 걸었습니다 바닥의 바닥이 지하 몇 층이냐고 물으셨다면 좋았을 텐데요 눈을 비빌 때면 왜 부서진 매미껍질이 손안에 그득한지, 말콤 글래드웰의 눈동자엔 몇 겹의 당의정이 씌워져 있는지, 나는 보통 그런 질문에 특화돼 있습니다

난 너무 다양해요

빛이 페이지의 아랫부분을 남겨둔 채 갑자기 끊어진다

나는 루저 출판사의 야심작 시리즈 제13권이다
펼쳐진 페이지는 에필로그이며
지금은 애써
스윙의 포즈를 생각하고 있다

| 해설 |

비정규적인 삶

고봉준(문학평론가)

최세라 시집 『콜센터 유감』은 시의 형식으로 기록한 신자유주의 시대의 노동에 대한 인류학적 보고서이다. 다만 전통적인 인류학이 한 사회의 현실과 구조를 밝히는 데 관심을 갖는 반면 최세라의 시는 비정규직으로 노동하며 살아가는 사람들의 내면, 그 불안한 내면의 감정 지도를 그리는 데 관심을 집중한다는 점이 다르다. IMF 외환위기 이후 신자유주의가 평범한 개인의 일상과 노동 현실에 초래한 변화의 비극성을 조명한 문학은 많았다. 하지만 시에서는 그 작업은 아주 제한적으로 행해졌고, 특히 이 시집처럼 변화된 노동과 직업의 세계, 그 변화가 다양한 직업을 가진 개인의 내면이나 감정구조에 끼친 영향에 집중한 사례는 없었다. 그런 점에서 이 시집은 신자유주의 시대를 살아가는 모든 노동자에게 바쳐진 연대의 기록이라고 평가해도 과장이 아니다.

그런데 신자유주의는 우연히 등장한 부정적 현실이 아니다. 그것은 특유의 이념과 장치를 거느리고 있는 시스템이며, 우리가 노동 현장에서 경험하는 일들은 철저하게 이 시스템의 의도된 산물이다. 따라서 시인이 주목하고 있는 현상들을 제대로 이해하기 위해서는 먼저 신자유주의가 노동에 초래한 변화, 그러니까 우리가 일상적 경험을 통해 체득하고 이해한 신자유주의에 대한 일반화된 이해가, 다음으로는 그 변화가 개인의 내면세계를 어떻게 다른 형태로 구조화시켰는가를 이해하는 과정이 선행될 필요가 있다. 전자가 노동/직업 자체의 변화에 대한 통찰과 이해라는 다소 사회학적인 성격의 것이라면, 후자는 사회의 변화가 한 개인의 내면에 초래하는 감각, 혹은 감수성의 변화라고 말할 수 있다. 에둘러 가는 느낌이 없지 않지만 먼저 신자유주의로 표상되는 자본주의의 변화에 대해 잠시 살펴보자. 알다시피 IMF 외환위기 이후, 자본주의는 그 이전과 전혀 다른 성격을 띠기 시작했다. 그것은 여전히 노동-자본의 관계에 기초한다는 점에서 자본주의의 한 변형이라고 말해지지만, 전통적인 형태와 전혀 다른 노동-자본의 관계에 기초한다는 점에서 19~20세기적인 사고로는 이해하기 어려운 새로운 자본주의이다. 19~20세기 산업자본주의의 시대에는 자동차 산업이나 조선업처럼 엄청난 규모의 공장에 수많은 노동자가 모여 집단을 이루며 노동하는 장면이 전형적인 풍경이었다. 세상에 자동차가 처음 등장했을 때, 그것은 일부 부유층만이 구매할 수 있는 고가의 제품이었다. 하지만 산업자본은 생산설비를 자동화 · 표준화하고, 모든 생산공정을 동일한 공간에서 해결할 수 있는 거대한 공장을 건설하고, 노동자들의 노동과정을 효율적으로 규율함으로써 결국 막대한 잉여가치를 생산하는 데 성공했다. 이처럼 산업자본주의는 수많은 노동자의 존재, 미숙련 상태의 노동자를 장기간 고용함으로써 숙련도를 향상시키는 과정, 생산과정의 효율성을 높임으로써 비용을 줄이는 등의 특징을 지닌다. 동일한 노동행위의 반복, 반복된 노동을 통한 숙련, 그 과정을 뒷받침하는 장기적인 고용은 산업자본주의의 핵심이었고, 이러한 특성으로 인해 그것은 변화보다는 반복을, 소규모보다는 대규모를, 일시적인 것보다는 항구적인 것을 중요하게 생각했다.

신자유주의는 이 모든 것을 일순간에 바꿔놓았다. 먼저 고용의 형태가 바뀌었다. 신자유주의는 항구적인 것보다는 일시적인 것을 선호한다. 과거의 자본주의가 거대한 공장과 생산설비의 자동화에 기초함으로써 항구적인 성격을 띠었다면, 신자유주의에서 상품의 생산설비는 끊임없는 해체 · 변화를 통해 상품의 다양성을 실현하는 일시적인 성격을 띤다. 휴대폰이나 노트북 컴퓨터 등이 그렇듯이 신자유주의는 생산 라인의 지속적인 변화를 추구한다. 따라서 자동차 산업이나 조선업 같은 전통적인 산업은 신자유주의가 지배하는 선진국에서는 위기를 맞을 수밖에 없다. 이처럼 일시성의 추구는 신자유주의가 잉여가치를 획득하는 중요한 수단이자 신자유주의 자체에 내장된 고유한 성격이다. 또한 과거의 자본주의가 생산 과정의 효율성을 높이기 위해 거대한 규모의 공장을 선호했다면 신자유주의에서 생산 과정은 지구적 규모의 아웃-소싱이 특징이다. 오늘날 자본은 비용을 낮추기 위해 국경을 넘는 일을 마다하지 않는다. 사정이 이러하므로 고용 또한 지속성을 띨 이유가 없는 것이다. 신자유주의적 고용의 대표적인 사례인 비정규직, 계약직, 임시직은 고용 기간이 매우 짧다는 것, 따라서 노동자가 끊임없이 고용에 대한 불안을 견디면서 살아가야 한다는 것이 특징이다. 이것은 단순한 비용의 문제를 넘어 노동자에게는 미래에 대한 전망의 불가능성은 물론이고 현재를 불안정한 상태로 느끼게 만든다.

문제는 '비정규직'이라는 단어로 압축되는 이러한 신자유주의적 노동환경이 현재와 미래에 대한 인간의 감각에, 개인의 삶을 분절하는 시간 감각에 심각한 변화를 강제한다는 사실이다. 노동자의 기본권을 제대로 보장받지 못하면서 저임금에 시달린다는 현실적인 문제도 있지만 '비정규직'

은 고용에 대한 불안정성으로 인해 가까운 미래, 즉 자신의 삶에서 1년 후 혹은 2년 후를 전망하기 어려운 상태에서 살아가게 된다. 게다가 자본은 물론이고 고객과의 관계에서도 항상 평가의 대상이 될 수밖에 없기에 온갖 폭력에 무방비 상태로 노출되는 경우가 많고, 재고용이나 계약해지 같은 불이익이 두려워 불합리한 상황에도 저항하지 못하는 경우가 대부분이다. 특히 신자유주의가 만들어낸 긱gig 노동이나 플랫폼 노동 등은 노동과 자본의 관계를 자본과 자본의 관계, 즉 하청/협력 관계로 바꿈으로써 온갖 비용과 위험마저 노동자에게 전가한다. 최세라의 시는 이들 비정규직 노동자의 불안한 내면을 통해 신자유주의가 우리 시대의 노동하는 존재에게 초래하는 내상內傷을 가시화하고 있다.

*

'눈물'은 최세라의 화자들이 자신 또는 특정 직업을 지닌 개인의 내면을 드러낼 때 빈번하게 사용하는 감정 기호 가운데 하나이다. 프랑스의 어떤 역사학자는 '눈물'에도 역사성이 존재한다고 주장했는데, 그 주장에 따르면 최세라 시에서 '눈물'은 신자유주의 시대에 노동하는 존재의 내면이 어떤 상처에 노출되어 있는가를 보여주는 기호라고 해석할 수 있을 듯하다. 즉 최세라의 시에서 신자유주의는 '눈물'

의 시대인 셈이다. 사실 인간은 출생의 순간부터 눈물을 흘린다. 우리는 평생을 살아가면서 반복적으로 눈물을 흘리며, 그 눈물의 의미와 맥락도 그때마다 사뭇 다르다. 기쁨이나 슬픔의 눈물처럼 비교적 명확한 감정과 연결된 눈물이 있는가 하면, 웃음과 눈물이 동시적으로 발생하거나 억울함 · 분노 같은 부정적 감정이 '눈물'로 드러나기도 한다. 그렇다면 최세라의 화자들이 흘리는 '눈물'은 어떤 성격일까?

> 고객의 몰아붙이는 소리를 팀장의 다그치는 소리를 잘 만들어진 흡음재 보드 벽이 빨아들인다 컴퓨터 자판 두드리는 소리와 상담사들의 목소리를 삼킨다 울면서 전화 받는 옆자리 동료의 목소리가 내 어깨에 흡입되어 삭제된다 누군가 팀장에게 항의하는 소리가 동료들의 팔에 스며들면서 사라진다 자리를 비운 상담사 수와 실적을 알리는 현황판 숫자가 광선을 내뿜는다 팔을 득득 긁으며 상담한다 바닥까지 고개 숙여 기침을 내뱉으며 상담한다 면적 가득 소리를 먹은 카펫이 먼지를 토한다 먼지가 소음처럼 온몸을 밀고 들어온다
>
> 귀에서 눈물이 흘러나오기 시작한 것은 그즈음이었다
>
> —「콜센터 유감 — 흡음 시스템」, 부분

현대사회에서 콜센터는 여성 하청 노동의 대표적 공간이다. 과거의 공장과 달리 콜센터는 현대식 건물 내부에 위치하고 있어 짐짓 노동환경이 좋을 것으로 오해되기도 한다. 하지만 이들이 처한 노동 현실은 우리의 상상을 초월한다. 그들은 실적 경쟁과 악성 고객의 갑질이나 폭력에 무방비로 노출되어 있고, 다양한 감시장치와 상사의 통제로 인해 화장실조차 마음대로 이용하지 못한다. 한 조사에 따르면 콜센터 상담사 4명 중 1명이 업무 중 화장실 이용이 자유롭지 않으며, 응답자의 절반 가까이가 극단적 선택을 생각한 적이 있다고 한다. 우리가 경험을 통해 알듯이 여성이 대부분인 콜센터 상담사는 대표적인 감정노동이다. 이들은 마케팅의 최전선에서 고객들의 온갖 요구와 항의를 온몸으로 감내야 하는 역할을 담당하고 있으면서도 정작 자신의 의지와 판단에 따라 고객의 요구에 응답할 수 있는 권한은 없는 을∠이다. 자신의 생각이 아니라 상급자의 명령이나 미리 준비된 메뉴얼에 따라 대응할 수밖에 없으므로 고객의 불만과 항의를 무마하거나 묵묵히 견뎌야 하며, 그 과정에서 이들은 반복적으로 마음의 상처를 입게 된다.

시인은 시집 4부에 수록된 「콜센터 유감」 연작을 통해 콜센터 상담사들이 처한 불합리한 현실과 그것으로 인해 황폐해진 노동자들의 내면을 집중적으로 부각시킨다. 인용시의 화자는 자신에게 걸려오는 콜을 무방비 상태에서 날아오는 '총알'에 비유한다. 고객이 부여하는 만족도 평가점수가 인사 문제와 직접적으로 연결되어 있는 현실에서 이들이 자신의 마음을 방어할 수단은 없다. "언니, 상담 중에 일곱 번이나 뮤트 키를 눌러서 내 목소리를 소거했어 네 번은 흐느꼈고 세 번은 욕을 했어"(「콜센터 유감 — 뮤트」)라는 어느 상담사의 간절한 호소처럼 그녀들이 자신을 보호할 수 있는 유일한 방편은 '뮤트', 그러니까 소리를 끄고 눈물을 흘리거나 욕을 하는 것밖에 없다. 여기에서 '눈물'은 단순한 슬픔의 기호가 아니다. 이들이 흘리는 '눈물'은 존재 자체가 부정당하고 있다는 느낌, 자신의 존재감이 모욕당했음에도 불구하고 결코 화를 내거나 따지는 등의 인간적인 감정조차 표출할 수 없는 현실에서 느끼는 깊은 무력감과 연결되어 있다. 그녀들에게 강요되는 감시의 시선, 즉 "어떤 경우를 당해도 미소가 없는 목소리는 불량품"(「콜센터 유감 — 뮤트」)이라는 자본의 정언명령이 그녀들에 대한 소비자의 폭력을 정당화한다는 것은 이미 알려진 사실이다.

「콜센터 유감 — 흡음 시스템」에서도 사정은 마찬가지이다. "흡음재 보드 벽"으로 둘러싸인 콜센터는 모든 소리를 빨아들이는 거대한 진공 장치를 연상시킨다. 그런데 콜센터에서 소리를 빨아들이는 것은 '벽'만이 아니다. "울면서 전화 받는 옆자리 동료의 목소리가 내 어깨에 흡입되어 삭제된다"라는 진술처럼 나의 어깨, 즉 신체도 동료의 울음

섞인 목소리를 빨아들인다. 콜센터는 감정노동이 행해지는 곳이지만 정작 노동자의 감정에는 무관심한 장소이다. 아니, "다행히도 울 시간이 없으니까"(「콜센터 유감 — 재즈콰르텟」)라는 진술처럼 그곳은 정신없이 밀려드는 '콜'로 인해 잠시도 숨돌릴 틈이 없는 공간이다. 정신없이 쏟아지는 콜을 받아야 하기에 동료의 감정에 관심을 쏟을 여유가 없는 것이다. 콜센터는 다수의 노동자들이 모여 있는 밀집 공간이지만, 그 안에서 노동자들은 모두 고독한 섬으로 존재하는 것이다. 따라서 누군가가 콜센터에서 '눈물'을 흘리지 않는다면 그것은 그녀가 콜을 받느라 바빠서 그런 것이지 '눈물', 즉 감정이 없기 때문은 아니다. 대신 그녀들은 수화기 너머로 전달되지 않는, 따라서 품질 관리의 대상이 아닌 온몸으로 감정을 표현한다. 인용 시에 나오는 "팔을 득득 긁으며 상담한다 바닥까지 고개 숙여 기침을 내뱉으며 상담한다 면적 가득 소리를 먹은 카펫이 먼지를 토한다 먼지가 소음처럼 온몸을 밀고 들어온다" 같은 구절이 바로 그것이다. 사정이 이러하다면 "귀에서 눈물이 흘러나오기 시작한 것은 그즈음이었다"라는 진술에 등장하는 '눈물'은 그것이 '귀'에서 흘러나온다는 점에서 '감정'과 '신체' 모두에 심각한 문제가 발생했음을 알리는 신호라고 읽어도 좋을 듯하다.

벌어진 문틈에 신문지를 끼워 넣으며 생각한다
2년짜리 셋집의 계약서에
아직은 기한이 남아 있다고
작년에 들어간 일자리도 한 해쯤은 더 지킬 수 있고
퇴근길을 함께 하는 동료들과의 저녁 자리가
한동안은 기쁘게 이어질 수 있다고

어제 공책 빈자리에 그려 보았던
유채와 달맞이꽃
월동의 보리
그런 두해살이풀꽃들
여전히 담벼락 밑이나 빈터에 서서
시끄러울 거라고
나도 접어야 할 것들을 생각할 때는 아니라고
풀도 이끼도 비정규직이고
사람은 비정규의 유년에서 노년으로 문득 옮겨지는 거라고
모든 자식은 비정규의 부모에게 시한부로 맡겨지고
서리 내리는 들판에 선 두해살이풀들은
저의 뿌리를 지키느라 몸부림치고

곰팡이가 번지는 창틀을 걸레로 닦으며 생각한다
셋집과 2년짜리 밥벌이가 끝나도

거기 따라붙는 공과금 고지서는 나를 새 환경으로 이끌
거라고

나는 여러해살이풀이 아니므로
웃는 얼굴도 다가오는 새벽도

두해살이풀이므로

–「두해살이」, 전문

최세라의 시는 특유의 시간 감각을 통해 비정규직 노동자의 불안정한 내면을 드러낸다. "세라의 1시간은 75리터 종량제봉투 다섯 장 값과 같고 세라의 1시간은 미국 본사 CEO의 0.6초와 같고 CEO의 0.6초는 비트코인 채굴용 컴퓨터들이 내는 굉음만큼 우주적이니까 세라의 1시간도 우주적일까"(「세라의 시급」) 같은 구절이 대표적이다. 이들의 노동은 짧은 시간 단위로 쪼개져 있는 경우가 많고, 임금 또한 시급 형태로 지불되기 때문에 '시간'에 대한 감각이 예민할 수밖에 없다. 그런데 비정규직들의 '시간'은 경제 이상의 감각으로 이어진다. 신자유주의는 근대 자본주의가 선호한 고용의 안정성을 의도적으로 불안정하게 만듦으로써 노동자에 대한 기업의 법적, 도덕적 책임을 가볍게 만들었는데, 다운사이징Downsizing이라는 이름으로 행해지는 정리해고와 일자리의 대부분을 비정규직으로 채우는 고용의 불안정성 같은 것이 대표적인 사례이다. 이로 인해 신자유주의가 양산한 다양한 비정규의 직업에 종사하는 사람들은 '시간'을 의식하며 살아가는 운명에 처한다.

신자유주의는 인간, 특히 노동자를 정규직과 비정규적으로 양분하는 새로운 구분법을 창안했다. 이 차이는 종종 급여의 차이로 가시화되지만, 비정규직의 불행은 단순히 적은 급여의 문제로 설명되지 않는다. 알다시피 비정규직은 동일한 노동을 수행함에도 불구하고 특정한 기업의 안, 즉 내부자로 셈해지지 않는다. 하지만 그들의 노동을 통제하고 규율하는 권한은 대개 그들을 간접 고용한 원청에 있으니 완전한 밖이라고 말할 수도 없다. 내부에 존재하면서도 '안'으로 셈해지지 않고, 바깥에 존재한다고 말해지면서도 실제로는 온전한 '바깥'이 아닌 존재, 그것이 바로 비정규직이 처한 현실적 조건이다. 이러한 존재의 예외상태로 인해 그들은 노동자로서 마땅히 누려야 할 많은 권리에서 소외되어 늘 불안정한 상태에서 살아간다. 비정규직이 이미-항상 갖고 살아가는 불안감은 고용의 불안정성에서 비롯되며, 그것은 노동자에게서 미래에 대한 비전, 즉 미래적 시간성을 박탈하는 결과로 이어진다. 인용 시에서 말해지는 "2년짜리"가 바로 그것이다.

현행 법률에 따르면 사업주는 2년 내의 범위에서 기간제 노동자를 고용할 수 있다. 이 제도의 취지는 한시적인 노동, 즉 일 자체가 지속성이 없는 경우에 한정하여 기간제 노동자의 고용을 허용하는 것이다. 하지만 예외적으로 허용되어야 할 비정규직은 정부 당국의 묵인과 비용 절감을 앞세운 기업의 논리에 가로막혀 일반적인 고용 형태로 자리 잡았다. 다만 2년을 초과할 경우, 해당 노동자와 무기 근로계약을 체결한 것으로 간주한다는 조건 때문에 모든 기업들이 계약 만료가 임박하면 계약만료를 통보하는 일이 보편화되었다. 요컨대 2년이라는 시간은 개인이 한 직장에서 비정규직 신분으로 머물 수 있는 최대한의 기간인 셈이다. 이로 인하여 이들은 자신의 2년 이후의 처지를 확신할 수 없게 된다. 즉 3년 만기의 적금에 가입할 수가 없는 것이다. 시인은 이러한 존재 조건을 "2년짜리", 나아가 "두해살이" 식물에 비유하고 있다.

그런데 우연의 일치겠지만 2년이라는 기간은 '전세' 계약의 기간과도 일치한다. 이로 인해 2년짜리 직장을 다니면서 2년짜리 전셋집에서 거주하는 상황을 "두해살이" 식물에 비유하는 일이 가능해진다. 물론 식물과 달리 비정규직 노동자는 2년의 계약이 만료되면 또 다른 직장을 찾아서 새로운 2년을 시작할 수 있다. 아니, 생존을 위해서는 마땅히 시작해야 한다. 하지만 직장생활을 하면서도 늘 2년 후에 직장을 구하지 못할 수도 있다는 두려움에서 벗어나지 못하며, 이러한 두려움은 결국 현재의 온갖 불합리함을 감내하거나 외면하게 만든다. 자본주의 사회에서 노동자는 직장을 잃으면 생존 자체가 위협받는다. 마르크스가 '굶어 죽을 자유'라고 표현했던 것이 현실화되는 것이다. 비정규직들은 매 순간을 이러한 공포와 불안 속에서 살아가며, 자본은 이들의 불안감을 최대한 활용하여 이윤을 추구한다.

우리는 모여 병째 들이켰다 무너진 담벼락 아래 서서
공모전 낙선작같이

어둠도 되지 못한 찌꺼기들이 발밑에서 붐비는 걸 조금보다가
비틀거렸고
끝내 엉덩이가 땅에 닿았다
마지막 밤이었다 여기서 월급을 받는 인간으로는

쥐 한 마리가 하수구에 들어가려다 좁았는지 다른 데를 쑤석거리고 있었다
우리는 쥐를 쫓는 개처럼 열심히 뛰었으나

찢겨서 흩뿌려진 이력서처럼
미세먼지를 통과한 더러운 눈이 흩날렸다

다가오는 봄은 겨울의 연장전일 뿐이고
우리는 겨울을 초과했지만 봄에는 미달했고
라면 상자에 지난 세월을 담아 귀가해야 했고

1년 8개월을
2년을 채우진 못했습니다 우리 자리는 결핍되었고요 곧
누군가 들어오겠지만

모든 계절로부터 조금씩 멀어지는 중이었다
사장은 빈칸을 채우느라 사람들을 줄 세울 테고
우리는 또다시 타인의 빈칸에 들어가야 하겠지만

—「빈칸」, 전문

최세라의 시에서 비정규직은 '내면(감정)'과 '존재론'의 문제를 통해 그려진다. 신자유주의 시대에 대한 시인의 감수성과 상상력이 빛을 발하는 순간도 바로 이 지점이다. 앞에서 설명했듯이 비정규직은 경제나 법률 이전에 '존재'의 문제이다. 의도된 불안정성, 그로 인한 불안과 두려움, 그러한 심리상태를 이용하여 노동에 대한 자본의 절대적 우위를 구축하는 것이 바로 신자유주의 시대 자본의 전략이다. 이것이 가능한 이유는 지구적 차원의 경제, 그러니까 해외에서 유입되는 값싼 노동력과 비용 절감을 위해 공장을 해외로 이전하는 것이 얼마든지 가능하기 때문이다. 게다가 신자유주의에서 자본의 잉여가치는 주로 금융 분야에서 생산되므로 전통적인 방식의 고용은 더 이상 필요하지 않다. 신자유주의에서는 모든 것이 자본에 절대적으로 유리하다. 그리하여 오늘날 자본은 지구 전체를 자유롭게 흘러 다니면서 수많은 유령적 존재들을 양산하고 있다. '유령'이 산 자의 세계에 존재하는 이방인이라면 그것은 신자유주의 시대에 비정규직 노동자가 처한 존재론적인 조건과 정확히 일치한다. 플랫폼 노동이나 긱 노동이 대표적인 경우이다. 이들 새로운 노동의 형태는 놀랍게도 '노동자'를 '자본가'로, 따라서 '노동'을 '비非노동'으로 바꿔버리며, 그 과정을 통해 노동행위에 대한 일체의 책임과 비용을 '노동자=자본가'라는 새로운 주체에게 전가한다. 이 새로운 주체는 노동자이면서 동시에 자본가이다. 고용이 아닌 계약 관계로 행해지는 택배업, 라이더, 대리운전 등이 바로 그렇다. 이들은 법의 사각지대에 놓인 유령적 존재인 경우가 많아서 자신의 행위가 '노동'이라고 인정받기도 어려우며, 그리하여 법의 보호를 받지 못하는 경우도 많다. 이들 대부분이 "별이 없고 별점만"(「샴푸실에서」) 존재하는 세계에 살고 있다.

오늘날의 현실에서 비정규직 노동자의 대부분은 심각한 존재감의 균열에 신음하고 있다. 변화된 노동환경으로 인해 그들은 계약과 계약해지를 반복해야 하며, 그때마다 자신이

"공모전 낙선작"이 되는 경험을 하게 된다. 최세라의 시에 "빌어먹을 쓸모를 위해 내일도 빌어먹을 지원서를 내밀어야 하고"(「세라의 굿잡」), "나는 책이다 // 면접관들의 시선이 일제히 훑고 내려온다"(「면접-스캐닝」)처럼 이력서를 쓰고 면접을 보는 행위에 대한 진술이 자주 등장하는 것도 이런 맥락에서 이해된다. 더 안정적인 직장을 구하기 위해 이들은 "쥐를 쫓는 개처럼 열심히 뛰"지만, 그렇다고 "임시로 고용되었"(「대체로 흐림」)다는 존재 자체에 변화가 생기는 것은 아니다. 인용 시에서 화자는 비정규직 노동자들이 취업과 계약해지를 반복하는 현실을 '빈칸'을 채우는 것으로 표현한다. 세상에는 수많은 비정규 일자리가 존재한다. 그 일자리들은 최대 2년 후에는 또 다른 누군가로 채워져야 하며, 운이 나쁘거나 계약 조건이 바뀌면 2년을 채우지 못하고 퇴사를 강요당할 수도 있다. 이런 현실이 반복되면 노동자들은 자신이 "유통기한 정해진"(「로라와 편의점과 나」) 상품과 다르지 않다는 감각을 갖게 된다. 그리고 이런 물화된 감각이 퇴사하는 일이 "타임이 다 돼서 아웃"(「맥잡-타임아웃」)된 것이라는 왜곡된 인식을 낳는다. "마지막 밤이었다 여기서 월급을 받는 인간으로는"이라는 진술에는 바로 이러한 존재의 곤혹스러움이 녹아있다. 이들에게 '봄'은 그저 "겨울의 연장전"일 뿐이다.

층층 쌓인 내 마음을 무너뜨리는구나
난 너의 서툰 반복을 분류해야 하는구나

손가락으로 윗니 안쪽을 문질러보게 되네
견고하고 질서정연한 것들 예를 들면
내용물이 유리라서 단단해지는 종이상자 같은 것

어디론가 실려 갈 상자들, 상자들, 우리들
때가 되면
상자들이 말한다
택배차에 사람들을 실러 가자

상자도 작업자도 다 실려 나가면
다음날에도 같은 사람들이 모여든다
같은 날에도 다음의 상자들이 모여든다

—「택배 분류」, 부분

라이더, 물류센터와 더불어 택배는 우리 시대의 대표적인 비정규 일자리이다. 인터넷 쇼핑이 보편화되면서 택배 물품을 분류하거나 물류센터에서 상품을 포장하는 일에 막대한 노동력이 필요해졌다. 노동 강도는 상상을 초월하지만 저임금 장시간 노동에서 벗어나기 어려운, 동시에 특별한 기술이

나 자본 없이 손쉽게 접근할 수 있는 일이 바로 이것들이다. 그런데 이 시에서 화자가 주목하고 있는 것은 택배 분류의 고단함이 아니라 "어디론가 실려 갈 상자들, 상자들, 우리들"이라는 구절처럼 택배 상자와 비정규직 노동자의 존재론적 유사성이다. 택배 상자와 물류센터의 노동자는 때가 되면 어디론가 실려 간다는 점에서 동질적인 존재인 것이다. 이러한 유사성이 "상자도 작업자도 다 실려 나가면"이라는 진술을 가능하게 한다. 즉 비정규직 노동자는 일정한 시간이 지나면 다른 누군가로 대체되어야 하며, 그러한 대체가능성은 그들이 '인간'이 아니라 '인력'이라는 사실을 말해준다. 자본은 '인간'이 아닌 '인력'을 원하며, 정의상 그것은 언제든 대체될 수 있고 감정이나 사유 능력을 갖지 않는다는 점에서 기계와 유사하다. 하지만 현실에 존재하는 노동자는, 설령 그가 비정규직이라고 할지라도, 감정이나 사유 능력을 지닌 인간일 수밖에 없다. 노동자들이 인간으로서의 존엄, 인간다운 대접을 요구하는 것은 지극히 당연한 일이다. 하지만 자본주의 사회에서 노동자는 자주 '인간'이 아니라 '인력'으로 취급된다. 특히 비정규직의 경우에는 고용의 불안정성이라는 특수한 현실 때문에 비인간적인 대우에 노출되는 경우가 많은데, 화자는 비정규직이라는 특성이 이러한 인간의 비인간화, 아니 사물화를 강화하는 원인으로 이해하고 있다.

문제는 '인간'을 '인력'으로 인식하는 사물화가 자본만의 시선이 아니라는 사실이다. 불합리한 노동 현실에 내던져져 비정규직으로 살아가면서 노동자들 또한 자신이 '사물'이 되어가고 있다는 느낌을 받는다. 시인은 사회적 관계 속에서 존재감이 훼손된 비정규직 노동자가 자신을 '사물/상품'과 동일시하는 순간에 집중하여 노동의 비인간화 문제를 제기한다. 「택시 운전」의 화자는 "내 몸은 승객의 점령지 국경초소나 보초 따위는 없다 누구든 아무 때나 넘어와도 되는 최후의 땅 나는 아무나 잡아탈 수 있는 택시이고 동승하기 위해 달린다"라는 진술처럼 자신을 모두에게 개방된 '땅'으로 인식한다. 또한 구직을 반복해야 하는 「면접 — 스캐닝」의 화자는 자신을 심사위원에게 읽혀야 하는 "책"으로 인식하며, 「로라와 편의점과 나」에 등장하는 화자는 노동자인 로라를 "유통기한이 정해"진 편의점의 상품에 비유한다. 이런 사례는 얼마든지 존재한다. 「필터링」에 등장하는 정수기 관리원은 "관리하면 그럭저럭 써먹을 수 있는 사람일까", "나는 욕실에서 흘러나온다 / 주인 앞에서 한 번 더 걸러진다 / 현관문을 닫고 나와 원래의 하수에 합류한다"라는 진술처럼 자신과 자신이 관리하는 대상을 동일시한다. 이처럼 노동의 세계에서는 종종 노동자가 인간이 아닌 것과 구별되지 않는 일들이 발생한다. 노동자는 언제나 자신이 한 사람의 온전한 인격체, 즉 인간이기를 희망한다. 하지만 「세라의 시식 코너」에서 세라가 "계속 자리에서 오려지는 사람"이 되듯이 노동 현장에서 노동자는 자신이 '조각'으로 존재한다는 경험을 반복하게 된다. 이들에게 노동은 인간다움의 확인이 아니라 인간에서 벗어나는 경험의 연속인 것이다. 그들의 욕망은 "최소한의 인간"(「완료형」)을 지향하지만, 노동은 종종 그들을 "인간이라는 장르에서 벗어나는 순간"(「라이더」) 앞으로 데려간다.

*

초록이 식자 나뭇잎도 시들해졌습니다

여름을 주저앉힐 기운이 부족해서 가을이 왔습니다
높다란 천장은 순식간에 바닥이 되고
젖은 옷이 덜 마른 옷 틈에서 이상한 냄새를 풍기며 말라가고

사람들의 앙가슴 사이로 나사못 같은 가슴뼈가 오르내립니다
조임쇠란 조임쇠는 다 풀려서 덜그럭대는 오후입니다
세우려고 애써온 등이 한순간에 굽어집니다

자꾸 야위는 나날을 짊어지고 온종일 헤매지만
무릎을 세우고 고개 숙여 봐도 무릎은 두 귀도 못 막을 만큼
아주 힘껏 헐거워져 있습니다

여름 내내 여름은 제 몸을 쏟아부었습니다
가을은 겨울이 올 때 밀려날 생각으로 그냥 남아 있습니다

초록 하나에만 몰두하던 초록이 드디어 지쳐
잎들의 바깥으로 새 나가는 중입니다

가스처럼 살았습니다

눈을 떴다 감을 때
이 세계는 눈꺼풀 안쪽의 잔영인 것 같습니다

—「번아웃」, 전문

번아웃burnout은 어떠한 활동이 끝난 후 심신이 지친 상태, 특히 심리적 · 생리적으로 지친 상태를 가리킨다. 번아웃이 비정규직만의 문제는 아니지만 조각난 시간을 살아가는 비정규직 노동자 상당수가 번아웃 증후군에 시달리는 것은 사실이다. 「빈칸」의 화자는 이러한 쉼 없는 노동을 가리켜

"쥐를 쫓는 개처럼 열심히 뛰었"다고 표현하기도 했다. 요컨대 번아웃은 쉼 없는 노동 이후에 찾아오는 심리적 · 생리적 탈진 상태로 우리의 몸과 마음이 보내는 일종의 구조요청이라고 말할 수 있다. 신자유주의의 영향력이 커진 이후 번아웃 상태에서 벗어나거나 그것의 극복을 위한 치유책이 자기계발이나 심리학이라는 이름으로 유행하고 있다. 일중독 사회에서 스트레스에 쓰러지지 않고 행복한 삶을 영위하기 위해서 반드시 알아야 한다고 강제되는 이것들은 사실 비정규직의 현실과는 동떨어진 경우가 대부분이다.

앞에서 우리는 「빈칸」의 화자가 비정규직의 삶을 2년 단위의 고용과 퇴사를 반복하는 '빈칸 채우기'라고 표현한 것을 보았는데, 노동자들에게 이것은 자신의 현재가 최대 2년 동안만 유지될 수 있다는 의미이기도 하다. 이런 상황에서 노동자에게 심리적 여유가 존재할 리가 없으니 그들은 "다가오는 봄은 겨울의 연장전일 뿐이고 / 우리는 겨울을 초과했지만 봄에는 미달했고"(「빈칸」)라는 진술처럼 미래에 대한 전망이 없는 경우가 대부분이다. 그리고 이러한 전망의 부재는 인간을 끊임없이 현재에 집착하도록 만든다. 미래가 봉쇄되었다고 생각하는 사람들일수록 '현재'에 더욱 큰 의미를 부여하는 것이다. 주목할 점은 시인이 비정규직이 겪는 이러한 존재감의 위기를 '봄'과 '겨울'이라는 계절적 감각을 통해 표현하고 있다는 사실이다. 여기에서 '봄'과

'겨울'은 각각 '희망'과 '절망'을 표상한다. 하지만 "우리는 겨울을 초과했지만 봄에는 미달했고"라는 진술처럼 거기에는 시간의 질서도 개입되어 있다. 모든 비정규직의 실존적 시간은 '겨울'과 '봄' 사이의 어딘가에 존재하는 것이다.

인용 시에서 시인은 '번아웃'이라는 사회적 현상을 계절이 바뀌어 시든 나뭇잎이라는 자연적 현상에 비유하고 있다. "초록이 식자", "여름 내내 여름은 제 몸을 쏟아부었습니다", "초록 하나에만 몰두하던 초록이 드디어 지쳐"라는 표현처럼 시인에게 '여름'은 '초록'이 자신에게 몰두하여 모든 것을 쏟아붓는 시간으로 경험된다. 이러한 상상력의 출발점이 자연이 아니라 사회에 있다. 즉 번아웃 상태에 직면한 노동자의 시선에는 눈앞에 존재하는 시들해진 나뭇잎이 마치 여름의 절정을 넘기고 번아웃 증후군을 앓고 있는 것으로 인식되는 것이다. 이러한 시선으로 보면 '가을'이 "겨울이 올 때 밀려날 생각으로 그냥 남아 있"는 상태와 인간의 신체가 "무릎을 세우고 고개 숙여 봐도 무릎은 두 귀도 못 막을 만큼/아주 힘껏 헐거워져 있"는 상태 사이에는 유사성이 존재한다. 시인은 번아웃 상태에 도달한 노동자가 현실을 어떻게 체감하는가를 "눈을 떴다 감을 때/이 세계는 눈꺼풀 안쪽의 잔영인 것 같습니다"라는 진술로 요약하고 있다. 비정규직은 우리 사회 어디에나 존재한다. 최세라의 시에 다양한 직업으로 호명되어 등장하는 비정규직 노동자는 우리가 일상에서 늘 마주치는 사람이자 우리들 대부분이 거기에 포함되는 존재이기도 하다. 예외적인 형태로 시작된 비정규직 제도는 어느덧 고용의 일반적인 형태로 굳어져 더 이상 제도 자체의 심각성을 지적하는 목소리도 찾아보기 어렵다. 오히려 그것을 '능력'의 문제로 간주하여 노동자와 노동자의 분열을 부추기는 자본의 목소리만 드높은 시절이다. 최세라의 시는 신자유주의 시대에 비정규적인 방식으로 노동하면서 살아간다는 것이 어떤 의미인가를 보여줌으로써 우리로 하여금 그 너머를 상상하도록 만든다.

콜센터 유감

초판 1쇄 발행 2022년 09월 28일
2쇄 발행 2023년 06월 10일

지은이 최세라
펴낸이 조기조

펴낸곳 도서출판 b
등 록 2003년 2월 24일 (제2006-000054호)
주 소 08772 서울시 관악구 난곡로 288 남진빌딩 302호
전 화 02-6293-7070(대) 팩시밀리 02-6293-8080
누리집 b-book.co.kr 전자우편 bbooks@naver.com

ISBN 979-11-89898-80-9 03810
값_12,000원

* 이 도서는 2021년도 한국문화예술위원회 아르코문학창작기금지원사업에 선정되어 발간되었습니다.